KB102156

내 나이의, 나의 울타리에게

2024 대전경덕중학교 학생 서간집

내 나이의, 나의 울타리에게

좋은땅

목차

머리말

얘들아 지금 너희의 삶은 어떠니?
너희가 가장 중요하게 생각하는 건 뭐야?
너희가 꿈꾸는 미래는 어때?
요즘 고민은 뭐야?

아이들은 제각기 다른 답을 내놓았습니다.

맞아,
마냥 삶이 행복한 사람도, 이런저런 고민이 많은 사람도 있겠지.
친구랑 이야기하는 것이 제일 재밌고, 급식이 기다려지고,
가끔은 수업 시간에 졸기도 하고,
어른이 된다는 건 아직은 먼 미래라고 느껴지기도 할 거야.

이렇게 삶에서 행복을 느끼고, 고민을 하고, 미래를 꿈꾸는 사람으로
너희를 길러주신 분들이 있잖아.
사람마다 환경이 다르니까
엄마, 아빠가 될 수도 있고, 할머니, 할아버지,
선생님 혹은 이웃 주민도 될 수 있겠지?

너희를 지금껏 길러주시고 성장시켜주신 분들도 너희와 같은 나이일 때가 있었다?
너희처럼 이쁜 아이들을 만나게 될 줄은 상상도 못했던 그런 나이일 때가 있었어.

너희와 똑같은 나이였다면 너희와 비슷한 삶,
비슷한 고민, 비슷한 꿈을 가졌을 텐데,
어느새 어른이 되어버린 거야.

자, 그럼 상상해볼까? 타임머신을 타고 과거로 돌아가는 거야.
만약, 너희 나이의 너희를 길러주신 분을 만난다면 무슨 이야기를 하고 싶니?

너희는 이미 그분이 어떤 삶을 살아왔는지
그리고 지금 어른이 되어서 어떤 삶을 살고 있는지 알고 있잖아.
그러면 꼭 해야 할 말도 있겠고, 너희만이 해줄 수 있는 말도 있지 않을까?

언제나 어른들이 인생을 먼저 산 사람으로서
너희한테 조언도 해주고, 위로도 해주었지만,
타임머신을 타고 과거로 돌아간다면,
너희가 더 인생을 오래 살고, 인생을 더 많이 아는 사람이 되는 거니까 말이야.

아이들은 한 글자 한 글자 자신을 길러주신 분에 대한 마음을
담아내기 시작하였습니다.

미래를 위해 어디에 주식 투자를 해야 한다고 써야겠다며 낄낄 웃는 학생도 있었고,
뭔지 모를 미안함 때문에 펑펑 우는 학생도 있었습니다.

그렇게 완성된 편지에는,
아이들이 어른에게 주는 위로와 삶을 살아가게 하는 힘이 담겨 있었습니다.

처음부터 어른이 아니었던, 어느새 어른이 되어버린 분들이
'내 나이의, 나의 울타리에게'를 읽으며
그 속에 아이들이 꾹꾹 담아 놓은 작은 위로를 발견하시길 바랍니다.

✿ 대전경덕중학교 국어교사 김민지

14살의, 나의 울타리에게

보낸 이

대전경덕중학교 1학년 강나린, 강지윤, 곽성연, 권승연, 권화음, 김민경, 김태연, 남은결, 박시우, 박재성, 박채연, 신성유, 유길상, 이도영, 이도현, 이석현, 인용화, 임다현, 정보경, 정지현, 주혜원, 차가을, 최승기, 최연우, 하태건, 강현석, 김민기, 김민준, 김서준, 김시우, 김연아, 김영아, 김진구, 김태민, 배석현, 서다온, 손가인, 손자연, 신영하, 우형균, 유초아, 유현서, 이수연, 이슬, 이현우, 임윤하, 장유빈, 조은서, 미셸, 칼루조셉, 강승민, 김강원, 김사랑, 김상우, 김승민, 김준표, 박성민, 박세영, 박시열, 박창현, 유재영, 윤상진, 윤서연, 이난경, 이승호, 이신우, 이주호, 이지효, 이하은, 이혜서, 장윤호, 전유건, 정소운, 정소은, 정은채, 표아진

※ 학생의 이름은 학번 순서대로 나열되었으며, 편지의 순서와는 무관합니다.

14살의 나의 <del>엄마</del> 에게

안녕, 엄마 나는 2024년에 살고 있는 엄마 딸이야. 엄마가 아직 14살이라 이해 잘 못할 수도

있는데. 2024년에 엄마는 14살짜리 딸이 있어. 그니까 2011년에 꼭 나 낳아줘야해 ♡

그리고 엄마 음식 좀 골고루 먹어! 군것질도 하지말고 그러면 지금 키보다 더 클꺼야.

더 날씬해지고 ㅋㅋ 근데 이거 쓰니까 임청 웃겨(?)하다. 원가 엄마도 내 나이때 결혼하고

애 낳고 사는거 상상이나 했을까... 14살... 내가 엄마랑 같이 살아봐서 아는데. 엄마

지금되게 잘 살고있어. 아주 평범하게. 그니까 걱정말고 공부! 제발 공부 열심히해!

그리고 엄마가 하고 싶은거 꼭 하고 있어야해! 남들이 하지말라고 말리고 힘들다고

막 말해도 ~~국회의원~~이 엄마 하고 싶은거 하면서 살아 ~~국회의원이 하고 싶은거라해도~~

그리고 할머니! 지금 엄마의 엄마한테도 잘하고 오빠들한테도 잘해야해. 싸우지 말고

아! 그리고 또 늦게 돌아신하지마. 빨리쭉 하지마. 위험한건 되도록 하지마!

엄마 엄마는 아직 잘 모르겠지만 엄마딸 입장. 하고 싶은게 많을꺼야.

그러니 걱정하지말고 팍팍 밀어줘야해. 알겠지? ♡ 나는 엄마 믿고 2024년에서 기다릴께!

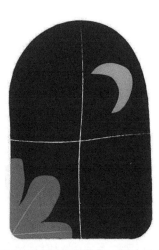

엄마도 21세기(?)에서 나 기다려 곧 볼수있을꺼야.

사랑해 늘. (그리고 엄마 이거 비밀인데 나중에 비트코인 이라고

알지도? 그거 모르기전에 꼭 사! 2018년에 마크 저커 많이 사)

그리고 늘 건강챙겨야해! 그리고 또 초·중·고 즉 아시지도 지각하지마라있어! 나중금히 안말

21세기 +24년 엄마딸 올림.

대전경덕중학교

14살의 나의 엄마 에게

안녕 엄마 난 미래에서 온 엄마 딸이야.
엄마한테 하고 싶은 말은 지금 엄마가 많이
놀고 즐기면 좋겠어. 엄마는 나를 낳고 집안일
하고, 일가고 하면 허리가 다 까잖아.
엄마가 많이 놀고, 행복해줬으면 좋겠어.
나중에 엄마가 나한테 많이 해주는 말
이거든 나도 엄마한테 이말 해주고
싶었어 엄마 할머니한테 잘해야해.
할머니랑 여행도 많이 가보고 많이 먹고
즐기고 꼭 사진도 많이 남기고 해야돼
남는건 사진인거 알지? 엄마
지금은 즐겨 알았지? 내가 많이 사랑해
나중에 내가 잘못하고
이해해줘.

2024. 4. 19일

대전경덕중학교

14살의 나의 ○아빠 에게

안녕 아빠 나는 미래에서 온 14살 딸이야

아빠한테 하고 싶은 말이 있어 아빠 표현좀

잘 해줘 아빠가 나 사랑하는지 아는데 표현 안해줌

모를때가 더 많아 아빠가 표현하는 방법을

모른다건 엄마가 그랬어 그래도 노력하고 있어

아는게 표현해 더 나중엔 모르지만 성인되서

아빠한테 잘 안해주기전에 표현해!! 알았지?

그리고 아빠가 지금 더 사랑받으면 좋겠어

그래야 나한테 사랑을 주지., !! 그리고 아빠도

쫌 학창시절에 많이 즐기면 좋겠어. 많이 보고 느끼고

알지? 사진도 친구들이랑, 가족이랑 꼭꼭 찍어

어릴때부터 일하지말고 좀 놀아 나중에 개편

넌 돈쓰고 일해서 감기도 자주

걸릴텐데.. 진짜자 사랑해

2024, 4/19

대전경덕중학교

012

1장

14살의 나의 (의 부모님) 에게

안녕 엄마 아빠가 2011년에 낳을 딸이야 내가 중학생때 먼저그고
많이 엇나갈꺼야 그때 너무 딸에게 속상하지 말고 실망하지 않았으면 즐게이
특히 2024년에 사춘기가 와서 많이 힘들꺼야 그때 너무 야단치지 말고 딸을
믿고 기다려줬으면 즐겐어 엄마 아빠의 미래의 딸은 그 누구보다도 멋진 사람이
될꺼매 그 딸은 학교도 잘다니고 친구들하고도 잘지낸다 엄마 아빠가
미래에 딸을 낳아서 키우면서 힘들어 할꺼같아 엄마 아빠 미래 딸은
엄마 아빠에게 속을 썩이고 해도 그 누구보다도 너무 사랑한대 그 딸도
엄마 아빠에게 효도하고 싶고 잘해드리고 싶대 그게 마음처럼 행동이 안되는
길꺼야 키우면서 힘들어도 딸을 믿고 기다려줘, 아직은 멋보다고 싶고
많은 성장들을 격고 있는꺼야 그래도 엄마 아빠의 딸은 (남들 부럽지)
않을만큼 효도하고 100살이 넘을때 까지 잘해드린꺼래 그래도 엄마 아빠
의 딸은 엄마 아빠를 사랑하고 고마워한다 키우면서 너무 힘들어하지
말고 그 딸과 좋은추억 많이 쌓았으면 즐겐어
그리고 엄마 아빠의 배중에 만날 딸은 친구들과 밖에서
노는걸 좋아하고 이쁜옷을 입고 사진 찍는걸 좋아 한다

1/2

대전경덕중학교

013

14살의 나의 부모님 에게

비록 엄마.아빠의 밑에 만나게될 딸은 잇냐가도 커서 엄마 아빠
곁을 지켜줄꺼래 그리고 나중에 만나게될 딸은 밥들이 하는거 다 따라하고
싶어

2/2

대전경덕중학교

014

14살의 나의 엄마 에게

안녕? 나는 엄마의 딸이야. 나는 지금 좋은 친구들과 선생님들 덕분에 행복한 학교생활을 보내고 있어. 그 때의 엄마는 많이 힘들었겠지? 하지만 괜찮을거야. 살다보면 딸 2명 아들 1명을 낳고 행복하게 살거니까! 그리고 미래에는 누구 한 명 때문에 스트레스 많이 받을거야. 그러니까 멘탈 꽉 잡고! 무슨 일 있어도 흔들리지 말고! 그 누구 한 명 때문에 나는 스트레스를 많이 받았어. 근데 봐봐 엄마 덕분에 버텼다? 그러니까 앞으로 힘든 일들이 오면 꼭 버텨줘. 엄마는 누구보다 소중하고 아름다운 사람이니까. 자존감 낮아지지 말고! 어디서든 꿋꿋하게 살아야 돼!! 그리고 미래에는 코로나라는 질병이 생겨서 엄마가 걸리니까 건강 조심해야돼! 안녕~☺

대전경덕중학교

14살의 나의 부모님   에게

안녕 나는 지금너와 같은 나이인 너의 아들이야 나는 지금 너무행복해

너는 2011년에 나를 낳을거야 그리고 4년뒤엔 동생이 태어나겠지 나는

지금이나 옛날이나 네가 나를 진심으로 사랑해주는게 느껴져 그렇기 때문에 미래에

더이상 바라는건 없고 나를 낳고 앞으로도 지금처럼 나를 사랑해줘

지금 내 부모님은 더할나위 없이 완벽한 엄마 아빠야 내가 가끔식 때를 쓰고

짜증을 내도 너그럽게 받아줘 넌 너무 완벽한 엄마 아빠여서 할말이 많지 않지만

나는 지금 부모님을 너무 사랑해 2011년에 보자.

대전경덕중학교

14살의 나의 부모님 에게

엄마, 아빠 안녕! 난 엄마 아빠 아들이야.

엄마 아빠는 내가 슬프거나 우울할때 항상

기운을 주고 내가 해달라는건 다 해주는 아주

고마운 사람이야. 엄마 아빠는 날 키우느라

고생을 많이 할거야. 엄마 아빠 키워줘서

고마워! 엄마 아빠 사랑해♡

※ 엄마 아빠는 나에게 없어선 안될

존재야.

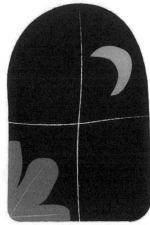

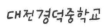
대전경덕중학교

14살의 나의 엄마 에게

엄마 하이, 아 나는 언젠간 만나게 될 사람이야

지금은 이상하게 생각할수 있지만 그냥 들어봐 한번!

엄마는 진짜 따뜻하고 포근한 ..? 사람이야. 엄마 나는 진짜

엄마같은 사람이 되고싶어. 그리고 그렇게 느끼게 해줘서 너무 고마워.

그리고 미래에는 날 위해서 살지말고, 엄마의 행복을 위해 살아줬으면

진짜 좋겠다. 맨날 내가 짜증내도 어떻게 그렇게 차분할수가 있어?

진짜 서로 이해하지 못하는 원지만 그래도 많이많이 사랑하고, 서로 배려

하면서 세상 누구보다 이쁘게 사니까 걱정마 엄마 그리고 진짜 꼭 하고 싶은

말이 있어. 진짜 내 엄마로 살기 싫겠지만 ?.. 나는 엄마가 내 엄마

여서 진짜 그 세상누구보다 제일 행복해. 이건 진심이야! 암튼 „ 엄마는

나한테 부족함 없는 완벽한 사람이니까.. 지금보다 더 행복하고, 엄마의

행복을 찾아가는 그런 재미있는 인생을 살아가길 바라고, 응원 할게!

진짜 매일이 엄마 덕분에 행복해 그정도로 엄마는

소중한 사람이니까 매일 사랑받고, 나보다 더 행복

하게 살다가 만나자 ~! 많이 사랑해 ♡ 엄마

대전경덕중학교

14살의 나의 부모님 에게

엄마, 아빠 제가 예언을 해드릴게요.

나는 미래에 엄마, 아빠 딸이야. 어릴때 수술도 하고 화상도 입는데 그때 업고 병원에 갔었는데 고마워요. 2021년에는 엄청 큰 바이러스가 생기는데 그때 다 힘들고 아파해요. 조심해요. 그리고 2024년에는 슬프고 힘들 거에요. 부모님이랑 여행도가고 잘 해주세요. 힘내세요. 그리고 말도 안듣고 말썽만 피워서 죄송해요. 앞으로 잘할게요. 미안하고 고맙고 많이 사랑해요. ♡ -사랑하는 딸이-

(못난 딸이여서 미안해)

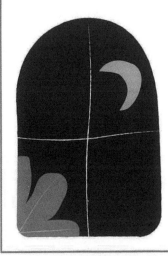

대전경덕중학교

14살의 나의 할머니 에게

안녕하세요, 할머니요. 할머니가 14살이라면 1950년대 쯤이겠죠?

할머니, 14살인데, 할머니라 올리니 좀 놀랐죠? 할머니는 할아버지와 결혼해서

아들 2명을 낳으실거예요! 그리고 두 아들 중 둘째 아들이 젊은 여인, 즉.

저희 엄마와 결혼 해, 딸 셋을 낳을거예요. 아마 할머닌 셋째는 못보시겠지만,

아마, 위에서 보실거예요. 할머니. 너무 보고 싶고 어릴 때 잘 해드릴 걸 그랬어요.

할머니 제가 초등학교 입학 한 것도 못보시고 가셨던거 생각하니 아쉽네요.

어릴 때 철이 없었는데, 철 좀 빨리 들걸 그랬어요. 어릴 때 현실적이지 않아

할머니가 100살, 1000살 아니, 평생 살 줄 알았죠 할머니 좀 건강하게 살지..

셋째 딸도 보고, 중학교 입학한 딸도 보고, 초등학교 전교부회장 된 딸도 보시지. 지금이라도

건강해지요, 제발. 그리고 지금 생각하니까 할머니 밖에 못믿을거 같기도 해요. 공부도

너무 힘들고 안한 건데도 너무 힘든데, 할머니 생각도 나니까 더 슬퍼요. 할머니 나 대학

갈 때까지라도 계속 살아있어준다면 더 좋을텐데, 아니 그냥 할머니 내 아들까지 보여줘.

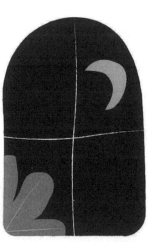

다시 7살, 아니 그냥 5살 더 아래로 돌아가고 싶은데, 할머니

목소리도 다시 듣고 싶고 얼굴도 너무 보고싶어. 할머니 너무

보고 싶고, 목소리도 듣고 싶고, 하고 싶은 말도 많아.

할머니 여기서는 제발 건강하게 살아.

대전경덕중학교

14살의 나의 이웃들 에게

안녕 나는 14살의 나야 나는 2011년 3월달에 태어났어 2019년말에 코로나 바이러스 라는 바이러스가 나와서 전세계를 다 위험에 빠트려 그러니까 마스크 미리 사놓고 마스크 잘 쓰고 다녀 그리고 나한테 공부 좀 태기고 해 그리고 1,2,3,4,5,6,중1 선생님 1년동안 감사했습니다 그리고 친구와이웃들에게도 감사하고 친구들하고는 놀고, 먹고, 영화보고, 애서 고마웠다 그리고 가족들 한테 키워주고, 먹여주고, 재뒤주고 나의 모든 이웃들 한테 감사합니다

대전경덕중학교

14살의 나의 엄마 에게

엄마 나는 14살의 엄마 아들이야~ 엄마는 지금이나

그때나 똑같에 엄마가 공부하라 할텐데 미리 아들한테

공부 시키지마 엄마 그때는 건강했어? 그러니가 살아

있길지 어릴땐 재미있어? 그때 꿈은 뭐였어?

그때 꿈이랑 ~~지금~~ 직업이랑 같아? 엄마는

선생님 말을 잘 들었어? 엄마도 안 듣지 안니리?

갈게 잘있어

대전경덕중학교

14살의 나의 엄마 에게

안녕 나의 정체를 밝히수 없지만
나중에 삼성, 마이크로소프트, 애플(전자기기),
비트코인 에 단돈 1000원 이라도 투자해봐
그럼 후회는 하지않을거야. 그리고 나중에
결혼 해서 둘째 아들에 핸드폰, 비염 관련
보험을 1~2개 정도는 들어봐. 힘내고, 오늘도
열심히 사는거야. 건강도 좀 챙겨 탄탄치
제데로 먹고, 잘 살아 그리고 젊음을 즐겨
그렇다고 흥청 망청 돈 쓰지 말고 건전하게
놀아. 그리고 엄마에게 건강 챙기라고 그래.

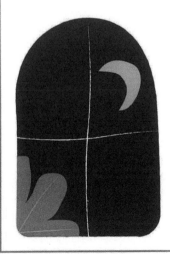

대전경덕중학교

023

14살의 나의 엄마 에게

안녕 엄마 난 2024년에서 온 엄마 딸이야.

엄마의 14살은 언제? 나는 행복하게 14살을 보내고 있어

ㄴ ㅡ ㅣ ㅡ ㅣ 지금 엄마랑 아빠는 사이가 좋아. 가끔 싸우기는

해도 크게 싸우지 않아. ㅡ 엄마, 엄마가 나를 낳으면

마음껏 놀게 해줘 놀고 있기는 하지만 부족해...

그리고 나는 엄마한테 숨기고 있는 비밀이 있어! 나중에 그걸

알아도 화내지마. 사실 이걸 쓰면서 눈물을 참고있어ㅠ 내가

엄마를 힘들게 하는거 같아. 사춘기라 더 짜증도 많이 내는데

엄마 아빠는 이해 해주고 있어 항상 고마워. 지금은 스마트폰도 생기고

그때와 많이 달라졌어. 그때의 엄마는 어떨까 궁금하다.

ㅡ ㅣ ㅡ 나 처럼 수업시간에 막 졸고 하나? 암튼 !!!

ㅡ ㅣ ㅡ 잘 키워주고 있어서 고마워 사랑하고 엄마도

ㅡ 빨리 커서 만나!! ♡

대전경덕중학교

14살의 나의 아빠 에게

안녕 나는 미래에서온 아빠이 아들이야   내가 지금 하는 말

잘 들어멍 일단 일을 해서 돈을저축해 (어른이 되었을때)

그리고 할아버지 그러니까 아빠의 아빠한테 잘하라고

왜냐하면 내가태어났을때 조금뒤 돌아가셨으니까

그리고 저축한돈으로   비트코인에 넣어 떡상할거야

내가 미친놈이라 생각하길말고 그냥믿어 알겠지?

나는 아빠 아들이니까   그리고 잘 못한게있어도

너무 혼내지마 알겠지!? 그러면 2024년에만 나자!

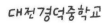

대전경덕중학교

14살의 나의 부모님 에게

엄마 아빠 난 엄마 아빠의 아들이예요

채현인 누나 먼저 나오지만 제가 많이 없이 등장해서 놀라셨죠

엄마는 보석 가게 에서 일하고 엄마의 가게를 열거예요

엄마의 꿈이자 엄마가 원하는걸 이룰 수 있죠 아빠는 회사 스트레스로

힘들어 하지예요 하지만 저희는 응원하는거 아시죠?

아빠는 미래의 어깨 쪽이 아플거예요 일할 때 조심하세요

누나는 그림에 재능이 있을 거예요

그림에 필요한 물건을 많이 사세요

저는 농구선수 할 거예요 제발 저의 꿈의 살 관 해주시길 감사하겠습니다

대전경덕중학교

026

14살의 나의 엄마 에게

엄마 안녕하세요 저는 엄마의 빼쌀 딸이예요. 지금 엄마도
저와 같이 14살 이실거예요. 우선 엄마 제가 요즘 사춘기가
오면서 부쩍 반항을 많이 하게 되는것 같아요. 근데 잠시만
이럴것이고 곧 효도를 할테니 엄마, 너무 속상해 하지는 말아주세요.
그리고 지금은 2024년도 이미 엄마가 지금 있는 시대와는
비교할수없게 산업이 발달했을거예요. 제 말이 아무것도
믿기지 않으실수도 있어요. 왜냐면 갑자기 거떤애가
나타나서 자신의 딸이라고 한다면 저 같아도 믿기지가
않을거 같기 때문이예요. 하지만 지금 아까 제가
한말들을 기억해주세요. 제가 앞으로는 엄마가 절 열심히
키워준 만큼 효로 보답할게요. 사랑해요.

대전경덕중학교

14살의 나의 부모님 에게

지금은 14살 일테지만 미래에는 나를 낳게 될거야. 한국으로 가서 아빠를 만날테고. 딱히 내가 무슨 말을 하지 않아도 결국 결혼해 형과 나를 낳아 사랑과 관심으로 길러 주겠지. 하지만 그래도 말해야한다면 고맙고 사랑한다는 말을 할 것 같아. 우리 가족이여서 고맙고, 낳아주셔서 고맙고, 사랑으로 키워주어서 고맙다는 말. 단 몇마디 뿐인 이말, 진심이 담긴 이 말을 할 거야. 아빠 또한 힘든 시기를 거쳐 지금 이 순간 까지 살아 있을거니 열심히 살아가 다시 만나자.

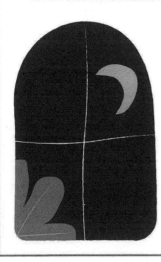

대전경덕중학교

14살의 나의 아빠 에게

아빠 믿지 않을것 같지만 난 아빠
아들이야 아빠가 2011년에 내가
태어나 아빠 내가 2023에서
2024년 넘어갈때 내가 아빠가 나한테
뭘 해도 내가 좀 짜증 낼거야 그때 아빠가
서운해 하지말고 아 사춘기가 넘아 하고
넘겨줘 그때는 내가 좀 예민 할거야
내가 그때는 뭘 해도 짜증 났있어
그니까 아빠 내가 아빠한테 뭐라 해요
서운해 하지 마 그리고 아빠 내가 신기한게
알려줄까? 2024년에는 전기차 같은 신기한게
나와 그리고 비트 코인 이라고 나오는데 그때
그 비트 코인을 사 야돼?! 비트코인
사고 돈 많이 벌면 아빠가 일하러
굳이 안갈수 있잖아 내가 아빠 한테 갈 못할수
있어 미안해 아빠

대전경덕중학교

14살의 나의 아빠 에게

아빠, 나는 나에요. 한밤중 복싱부가 사라져요.

이유는 인원이 적어서 사라졌어요. 근데 아빠시절에는 있었었저

그리고 저는 둘째인데 첫째 형은 야구를 유치원때부터 빨리 시켜주세요.

야구에 확실히 재능이 있어요. 그러니 저는 복싱을 시켜주세요.

그리고 아빠 6학년때 문제가 있을거예요 그러니 6학년때만

조금 기달려 주시면 중학교들어 가서는 잘할께요. 그리고 둘째인데

그냥 운동 계속 시켜 주세요. 제가 검도를 5학년 때다닐껀데 그냥

1학년때 시켜주세요. 그리고 계속계속 아빠한테 잘하겠습니다.

죄송하고 감사합니다.

대전경덕중학교

14살의 나의 어머니 에게

엄마 사촌이 세종으로가면 집바로 팔고 세종으로가! 아빠가 반대해도가야해!
그리고 내가삼촌한테 Z 플립을 받을건데 그때강력히 반대해, 아니면
배드민턴을 다니지 말라고해 왜냐하면 내가 꿈을 덜어트려서
부술거야 그러니까 조심하라고 해줘 나진짜후회돼 ㅠㅠ
나중 학교와서 잘살고 있은 니 까 걱정마!
근데 엄마 있잖아... 나 걱정이있었어 내 걱정은
친구가 많이 없었단거야. 근데 이제 곧 친구가 생길꺼에,
엄마가 지금 내걱정을 많이 ㅠ로웠는데) 걱정할 필요는 1도
없어 중학교에 일쩐이 없고 맛을올도 없으니까 걱정말고
지금엄마는 어께에 돌이 생겼어, 그러니까 엄마 몸좀 아끼고
건강하게 좀 살아 ~ bye

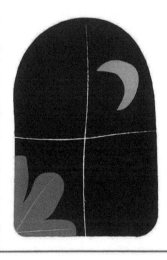

대전경덕중학교

14살의 나의 엄마 에게

엄마, 난 엄마 14살 딸이야. 그동안 내가 짜증부리는 거, 어리광부리는 거,
다 받아줘서 고마워. 내가 먹고 싶은 것, 가지고 싶은 것, 다 사줘서
정말 고마워. 내가 편하게 잘 수 있게 해준것도, 나를 감싸준 것도, 나를
품어준 것도, 정말 정말 고마워. 내가 요즘 짜증만 내서 미안해.

내가 지금보다 더 어렸을 때, 잘못했을 때, 엄마가 혼내서 속상한 맘에
혼자 화장실 들어가서 엄마 밉다고, 싫다고 막 그랬어. 너무 미안해.
이제부턴 철 좀 들고 엄마 말 잘 들을게. 용서해줘. 그리고 엄마, 2023년
4월에 엄마 아버지인, 나한테는 외할아버지께서 돌아가셔. 그때 너무
슬퍼하지 않았으면 좋겠어. 나 그때 엄마가 우는 거 처음봤어. 누구보다
강하던 엄마가 우는 모습을 보고 놀라고... 나도 눈물이 나왔어. 엄마의 아버지께서
돌아가시면 슬프겠지만,, 난 엄마가 우는 거 싫어. 그러니까 많이 슬퍼하지
않았으면 해. 다음 생에도 엄마 딸로 태어날래. 많이 사랑해 엄마

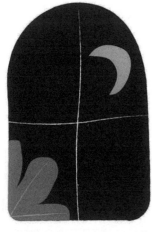

대전경덕중학교

14살의 나의 엄마에게

내가 어느덧 14살이 되었어 엄마도 14살이 있었을때가
있었겠지? ㅋㅋ 엄마는 2024년이 되면 14살 짜리
아들과 17살 아들 두아들이 생길거야 지금의 청소년의
시절을 우리 생각 하지말고 잘보내 ㅋㅋ 2024년의
내가 철이 들었어 그전에는 속을많이 썻였지 이제부터
엄마의 속을안썩일게 그전에 미안해 엄마 하고 싶은거
다해!! 엄마는 나의 나이때 친구들과 3000원 치
컵 떡볶이를 먹으면서 우리가 생길지 모르겠지
엄마 내가 속썩여서 미안해 앞으로 행복하게
보내자 사소한것으로 웃고 울었지 엄마는 결혼 할줄도
몰랐지 ㅋㅋ 그때는 꿈에도 몰랐을거야 일찍
결혼하고 엄마 하고싶은거 우리때문에
      못했을 텐데 이제는 하고
      싶은거 다 하고 살아!! 그리고
      마지막으로 나의 엄마 되어줘서 고맙구 사랑해!

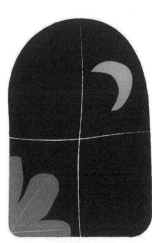

대전경덕중학교

14살의 나의 할머니 에게

안녕하세요 할머니 아, 아니지 14살의
할머니 할머니의 14살이 힘들었을것 같
아요. 6.25 전쟁이 거의 끝일 껏 이니까요.
그때 우리나라의 경제 상황은 최악 이었으니
까요. 가지고 싶은 것, 하고싶은 것, 다
못했을 거니까요. 어른이 되서도 하고 싶은
것 했으면 좋겠어요. 지금의 우리 엄마, 이모, 삼촌
에게 무관심 했던 할아버지, 그때는 바꾸었으면
좋겠어요. 그때 당시 상황이 힘들겠지만, 나중에
우리나라는 선진국이 되어있으니까요! 지금
은 힘들겠지만 조금만 버텨보아요. 만약 만난
다면 무엇부터 해보아야 할까요? ㅎㅎ 전 항상 응원
해요. 할수있어요 화이팅!

대전경덕중학교

14살의 나의 엄마아빠 에게

엄마아빠 내가 벌써 14살이야.. 엄마아빠도 나처럼
14살일때가 있었겠지? 우리가 같은 14살이 있어도 지금이랑
옛날이랑 시대가 달랐으니깐 그때에 엄마아빠는 어떻게 살았는지
궁금하다 엄마는 엄청 여성스럽지만 활발 했을 것 같고 아빠는
맨날 친구들이랑 축구만 했을것 같아. 엄마아빠. 2011년에
첫째딸이 태어날거야 그리고 2015년에는~? 둘째 딸이 태어날거야
근데 그 자매들은 엄청 싸울거야 ㅋㅋㅋ 그리고 2019년에는
코로나라는 바이러스가 나타날건데 그 바이러스 엄청 심해..
사람들이 엄청 많이 죽을 만큼 심한 바이러스거든..
2011년에 태어나는 첫째딸은 사춘기가 크게 올거야.. 근데 겉으론
화내지만 속으로는 엄마아빠 밖에 없는 딸이니깐 이해해줘..
2015년에 태어나는 둘째 딸은 엄마아빠 바라기지만 첫째딸을
따라하는 것 때문에 말대꾸가 심하니깐 이해해줘
ㅎㅎ 첫째딸이랑 둘째 딸은 엄마아빠 엄청
좋아 하고 사랑한데 ~!! ♡♡♡

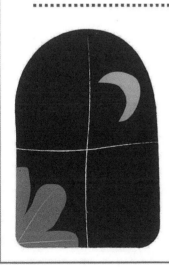

대전경덕중학교

14살의 나의 내 아빠 에게

아빠 지금 거긴 1980년도로 길거만 혹시 비트코인에 투자할수 없을까?

그러면 일단 비트코인이라는게 2000년대 쯤에 생겨 그러면

거기에 전재산 투자하고 20 전에 팔아 그러면 진짜 적어도

100억이거든 그리고 결혼을 해 아 그리고 2019에 코로나가 터진거든

마스크를 사야돼 손 소독제랑 그러면 일단 마스크도 나닐 줄이야

마스크를 누가 10만장에 몇된 예약 팔아 그러면 그때

몇천 대출해서 마스크 사 그리고 비트코인 떡상하지든 그때

딱 팔아 옥납 부리면 떨어져 그리고 대출갚고 대전

둥모둥기 아파트 둥에서 학교에 가까운 집으나 빌라로 도네

아니면 복층집 근데 나는 복층이 좋아 글고 또 차는

그냥 편하고 넓은집꼬 아무거나 사 그리고 또 옷 취직은

아빠가 하고 싶은걸꼬 해 엄 이게 끝다 사

ㄹㅏㅇ ㅎㅓ ㅁ ㅡ

ㅌ 아 그리고 학원은

수학 영어는 꼭해 안돼 ㄹㅇ

끝끝

대전경덕중학교

14살의 나의 엄마 에게

엄마가 어른이 되면 딸이 둘 있을건데 큰 애가
엄마가 좋아하는 그룹의 춤을 췄댔다 할텐데 그냥
이해해 줘 그게 최선의 선택이였을 거야. 그리고
2019년이 되기 전에 마스크를 엄청 사 둬
+ 닌텐도도! 19년도가 되면 알 수 있을거야
어차피 그 전에는 줘도 안 쓰니까 안 씌워도 돼.
그리고 로또 번호는 못 외워 다녀서 미안.
비트코인이라고 있을텐데 그것도 사. 그리고 24년 까지
한화 진짜 못해. 2024년 초반엔 잘 하다가
떨어지더라. 그리고 첫째 딸이 놀이터에서 울면서
"쟤네가 때렸어" 라고 말 해도 잘 타일르고 아무렇지
않게 보내 줘. 학원 같은 거 보내지 말고.
특히 태권도. 그나저나 14살의 엄마면
몇 년도야?. 난 엄마 나이도 최근에
안 거 보니 정보밖에 못 주겠다.
엄마 첫째 딸 국어 잘 하고 좋아 해.
소설 책 많이 사줘. 미래의 첫째 딸이
기다리고 있어.

대전경덕중학교

14살의 나의 엄마 에게

안녕 14살의 엄마! 지금은 2024년이야. 진짜 오래됐다!! 2024년이 되면 16살 아들과 14살 딸이 있을거야! 딸이 하고 싶은말이 있는데 아직까지는 말하기가 조금 그래서 말을 못했는데 하고 싶은 말은 "나도 아이돌 하고 싶어."라는 말이야. 아이돌이 하고 싶은 이유는 춤추는게 재미있고 자신이 좋아하는 아이돌을 보고 아이돌을 하고 싶은 꿈을 더 키운것 같아. 이걸보고 한번 딸한테 "아이돌 해보고 싶어?" "한 번요런 해볼까?, 엄마가 도와줄게!" 이런 말을 해줬으면 좋겠어! 그리고 14살의 엄마 그때는 어떻게 지냈어? 잘 지냈어? 앗 그리고 꼭 딸이 원하는 것만 해줬으면 좋겠어! 그리고 14살의 딸은 열심히 학교생활하고 공부 열심히 하고 있으니까 걱정하지마!! 진짜 하고 싶은말이 있는데 꼭 빨리 꿈을 물어봐주고 그 길로 갈수 있게 도와주고 그 꿈을 무시하지 말고 응원해줘!!

그리고 지금 엄마가 살고 있는 삶은 결혼을 해서 아들 한명하고 딸 한명을 낳고 직장을 다니면서 생활을 하고 있어! 이거 하나만 다시 강조하면 "나 아이돌 진짜 하고 싶어...!" 그리고 요즘에는 사춘기시기여서 좀 예민하니까 걍 넘어가줘! 그리고 학원을 가기 싫을 때가 있는데 그 때는 좀 얘기해보고 갈지 안 갈지 결정하자!

그럼 안녕 14살의 나의 엄마!

– 2024. 04. 18 –

– 14살의 딸이 –

대전경덕중학교

14살의 나의 바람 에게

여름에 부는 따뜻한 바람 같은 나의 사람아. 만약 14살의 당신을 만난다면 나는 당신을 데리고 바다를 갈 거예요. 바다를 싫어한다면 시골을 가요. 겨울에 부는 차가운 바람 같은 나의 사람아, 나를 보고 누나 묻지 말아 줘요.

지금 당신이 다니는 학교는 언니가 졸업을 하게 돼요. 언니가 태어날 줄은 몰랐겠지만 열심히 키워 줘요. 당신의 2011년도는 축복과 행복이 가득 담긴 세가 태어나요. 개구쟁이라고, 말썽꾸러기라고 싫어하진 말아 주세요. 당신의 것이 분명해요. 당신의 바람에 흩날려지는 민들레 씨가 될게요. 나의 길을 조금은 열어 주길 바라요. 봄에 부는 산뜻한 바람같은 나의 사람아.

당신의 아버지는 당신이 성인이 된 이후, 조금 뒤에 세상에서 사라지게 되어요. 당신의 교복이 어떻게 생겼는지 궁금해요. 정말 과거에서 만날 수 있게 된다면, 당신의 친구들을 소개해 주세요.

당신의 사람들이라면 충분히 내 관심사가 되기엔 충분해요. 당신의 친구들이 당신의 관심사인 것처럼. 나도 당신의 관심 안에 들길.

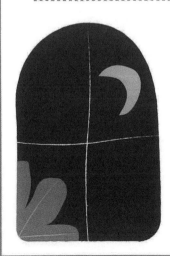

대전경덕중학교

1/2

14살의 나의 바람 에게

가을에 부는 늘씬함을 가진 나의 사랑아. 그대는 어릴적 무슨 만화를 보며 자랐나요? 저는 짱구를 가장 많이 본 것 같습니다. 센과 치히로라는 영화도 자주 보았습니다. 하기 싫은 생각이 자주 들 때면 저는 영화를 보며 생각을 비웁니다. 당신은 어떠한 방법으로 당신을 위로하였나요? 친구들에게 이해 하는 것도 방법이죠.

사계절의 모든 바람을 가지고 있는 나의 사랑아. 당신은 복숭아를 참 많이 닮았습니다. 당신은 물러터지기도, 보얗게 예쁘기도, 때로는 말랑하기도 합니다. 사계절을 머금은 복숭아 같은 나의 사랑아. 전 당신이 때로 싫고 미울 때가 있었습니다. 그렇지만 14년을 살다보니 깨닫게 된 것이 있습니다. 난 당신을 미워하기보다도 당신을 사랑하고 있단 것을요. 당신은 당신의 어머니께 사랑한다고 한 적이 있나요? 전, 오늘 할 예정입니다. 당신이 머금은 사계절을 내게 준 나의 사랑아, 사랑합니다.

대전경덕중학교

2/2

14살의 나의 엄마 에게

14살의 엄마 안녕? 나는 엄마가 2009년에 결혼한
아빠 사이에서 나온 14살의 딸 OOO이야 14살의 엄마는 참 좋은
사람일 것 같아 할머니가 그러던데.. 엄마는 공부도 잘하고 참
친절했었데 나는 엄마가 하고 싶었던건 모르지만 그 꿈을
향해 늘 도전했음 좋겠어 아직 엄마에게 좀더 신세질께.
내가 20살이 되면 엄마를 위해 돈도 열심히 벌고 최대한
열심히 살께 나는 엄마를 생각하고 있긴 한데 말을 꺼내기
가 어려워 요즘 14살이 되서 좀 예민해 졌어 그래도
이해해줘 좀만 더 있음 나는 철이 들거야 14살 엄마는
뭐하고 있는지 궁금하다 나도 14살의 엄마의 옆에 있음
좋을텐데... 그래도 엄마는 잘 커서 OO 병원에서 간호사로
일하고 있어. 커피도 하고 있어 지금 엄마 힘들겠지만
　　　　　성실하고 착하게 이겨내면서 2024년에
　　이쁜 엄마 붕어빵 딸이 나올거야
　　좀만 더 참다가 우리 만나자 !! ♡

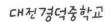

대전경덕중학교

14살의 나의 아빠 에게

14살의 아빠 안녕? 나는 미래에서 온 아빠딸 OOO이야
14살의 아빠는 한창 공부하겠지? 나도 지금의 시대에서는
아빠와 같은 14살이야 공부가 어려워도 잘 참고 이겨내서
나랑 보자 아빠는 2024년에 엄청나게 자유롭게 생활하고
있어 돈도 잘 버는것 같아 엄마랑 사이도 정말 좋아
근데 가끔은 엄마를 도와줬음 좋겠어 아빠는 날 보자마자
푹 빠졌나봐 지금 나를 진짜로 좋아해 그리고 아빠
2024년에도 담배를 피고 있어 근데 엄마 말로는 누가
권유했데 근데 그때 거절해줘 그리고 내가 화를 좀
많이 내는데 중학생이 되니까 좀 예민해지기도 하고
짜증이 잘나는 것 같아 때때로는 눈 감아줘 .... 알았찌?
나는 그래도 애교도 많아 14살의 아빠 늘 힘들어도

나 생각하면서 힘내고 결혼은 하니까
걱정마!! 고맙고 사랑해 14살의
아빠 힘내고 공부도 열심히 해 근데
대학교 갈 정도만 해 스트레스 받지말고
사랑해♡♡♡

대전경덕중학교

14살의 나의 엄마   에게

엄마 내가 하고싶은 게임 필요한 물건 다 사주고 내가 하고 싶은

꿈을 도와주고 매날 나 걱정을 매날 먼저 챙겨주고 매날 사랑한다고

해주고 내가 거자증을 매날 내꼬 먼저 사과을 해주고 내가 돈이

필요 하면 코꼬   내가 놀고 싶다고 하면 허락을 해주면서

돈도 많이 주고 매날 밥을 해주고 내가 좋아하는것을 갈이 보면서

웃고 갈이 놀고 아빠랑 갈이 내 꿈을 용완 해주고 함내라 하고

엄마 나는 매날 엄마 말을 안듣고 햇도 매날나 예게 먼저 말과

함께 사랑한다고 내가 너무 미안해 다시는 엄마에게 심한

말을 안 하고 또 거자증을 내고 내가 린짜로 미안해 엄마 에게 린짜

롯 미안해 사랑해

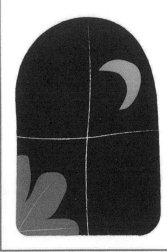

대전경덕중학교

14살의 나의 아빠 에게

아빠는 14때 공부잘 하고 잘놀고 건강하고 친구들이랑 행복하게 잘 학교생활 했었는거 같아. 아빠는 시골이 고양이여서 친구를 많이 못사겼을것같았지 그래도 아빠가 14살때 즐거운 학교생활을 보냈을지 궁금 아빠가 시골에있어서 식당에 못가고 마트도못가고 맛있는 것도 못먹었을거 같아, 그래도 아빠가 14살때 뭐했고 무슨 추억이 있는지 또 무슨 사건있었는지 궁금하고 신기하게말 했을면 좋겠기 옛날에 뭐를 제일 좋아했거 나또뭐 싫어하거나 그것이 궁금해 또아빠는 장기자랑을 잘했는지 또 미술을잘 했는지 다 알고 싶어 옛날에 뭐가있거나 그게궁금해 꼭 아빠가 14살때 행복 했을면 좋겠어 아빠 사랑해!

대전경덕중학교

14살의 나의 엄마 에게

안녕... 하세요? 존댓말을 해야 되는지는 모르겠지만,
저는 2024년 14살이 된 엄마의 아들이에요.
2011년에 태어나서 지금 까지도 잘 공부하고
가족과 함께 잘 살고 있죠.

내가 지금 엄마와, 엄마의 상황을 상상하기
힘들지만, 충분히 힘들고, 또 즐거운 일도 많을 테지만
미래의 엄마는 행복하고 사랑 넘치는 가정을
꾸리게 될 거예요. 잘생긴 남편과 듬직한 큰아들,
귀여운 작은아들 이 지켜주고 의지하고 있으니
얼마나 좋아요? 싸울일도 많을 테지만 저는 그래도
엄마가 좋아요! 이 편지를 받으면, 저에게도
답장을 보내주세요. 그리고 외할머니가 요 근래에
좀(많이) 아프셨는데, 외할머니, 할아버지 한테도
편지로 마음을 전해보는 건 어떨까요?
사랑 해요, 감사해요. 2024. 미래의 아들

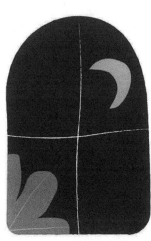

대전경덕중학교

14살의 나의 엄마 에게

엄마, 엄마의 14살 때는 어떨지 모르겠지만 지금의 엄마는 조금은 철 없는 두딸을 키우고 있어. 14살 때 엄마가 어떤 성격이였는지는 모르겠지만 엄마는 왠지 정말 용감하고 멋졌을 것 같아. 지금의 엄마가 두 딸이나 키우고 있는데 어떻게 그게 안 대단할 수 있겠어. 14살 때 엄마는 자신을 어떻게 생각할지는 모르지만 엄마는 정말 대단하고 용감한 사람이야. 그때의 학교와 내가 다니는 학교가 많이 차이나고 뭐가 더 힘들 수도 있지만 그 때의 엄마의 생각과 나의 생각이 비슷할 것 같아. 지금의 엄마가 많이 힘들고 지쳤을 수도 있지만 항상 밝은 웃음으로 내 이름을 불러주고 사랑해주고 있듯이 그 때의 엄마도 사랑을 많이 받았으면 좋겠어. 그리고 엄마는 제발 좋은 사람 많이 만나. 주위에 좋은 사람이 있으면 그 사람을 엄마도 많이 좋아해주고, 무엇보다 그냥 엄마가 행복 했으면 좋겠어. 지금의 엄마는 혼자서도 두 딸들을 잘 챙겨주고 힘들어도 힘든 척 하나 안하거든. 그니까 14살의 엄마는 힘들면 기댈 사람 한 명이라도 있었으면 좋겠다. 나한테 엄마가 기댈 순 없지만 엄마의 마음의 짐을

하나라도 가져갈게. 엄마, 지금의 엄마는 모든 사람들한테 멋지다고, 엄청 예쁘고 대단하시다고 소문 나있으니까 아무걱정 하지 말고 행복하기만 해. 사랑도 많이 받고 사랑을 많이 주기도 하고 해. 그리고 나도 지금의 엄마에게 잘할테니까 엄마도 부모님들한테 잘해. 엄마는 지금 딸들한테 사랑 많이 받고 있어. 사랑해, 엄마.

대전경덕중학교

046

14살의 나의 아빠 에게

저는 당신의
14살의 아들입니다

안녕하세요. 14살에 아버지 그때
그 시절에는 좋나요? 14살 때는 어떻게
살아갔나요? 밥은 잘 먹으시고요? 교복
을 입어보샸는지 물어보고싶네요, 저는 14살에
잘 살고있어요, 14살에 아버지의 꿈은 뭔가요?
행복하신가요? 저는 아버지와살아서 참
재밌어요, 조금 더 좋더 많이 가시면 제
가 있으니 기대하셔도 좋아요, 아프지
마시고요, ": 2024년에 저는 말을 안 듣지만
봐주세요, 공부는 잘 하고요, 참 좋은 하루인거
같아요, 아프시지 않으셔으면 좋겠어요,
건강하게 사세요

!!!

대전경덕중학교

047

14살의 나의 엄마 에게

내가 벌써 어느덧 14살이야 1년전까지만 해도 8살인것 같았는데
벌써 중학생이야 1년전을 생각해보면 초등학교에서 공개수업이 기억나는데
공개수업은 1학년때 였는데 엄마가 공개수업날 내가 제일
좋아했었던 인형목 사주었어. 그 인형은 아직도 있고 엄마는
모르겠지만 슬픈날에는 그 인형목 안고 울었는데. 이제는
더이상 울지않고 씩 씩 하게 자랄게.

대전경덕중학교

14살의 나의 부모님 에게

엄마, 아빠는 2024년에 나는 14살일거고, 난 엄마, 아빠의
아들일 거에요. 2020년도쯤에 코로나 바이러스가 생길
거에요. 엄마와 아빠는 지금 나 처럼 교복을 입고, 가방
을 매고 학교에 다녔을 거에요. 엄마께 말하고
싶은게 있어요. 2011년에 제가 태어날 거에요.
제가 하고싶은게 있으면 조금만이라도 좋으니까
제 이야기를 들어주세요. 엄마, 아빠 제가 지금14사
이에요 지금 나이가 같아요 미래에 엄마와 아빠 다 같이
더욱 행복하게 살고 싶어요.

대전경덕중학교

14살의 나의 아빠 에게

안녕하세요 저는 14살에 아빠의 아들입니다

저는 매일 아침 7시에 일어나 교복을 입고 아침밥을 먹고 등교

합니다 매일 수업중에 잠을 자고 친구들과 어둡니다

저는 고기를 좋아합니다   나중에 14살의 나를 만나면

게임기를 사주셨으면 좋겠어요 이것만 사주면 저는 중요

합니다 저는 요즘 고민이 없고 기분은 좋아요 기분이 그냥

좋아요 저 친구가 말해주길 저는 웃긴 영상만 좋아한데요

아빠가 빨리 어른이 되어서 저를 낳아서 만났으면

좋겠어요 이제 더이상 쓸 말이 없어요 안녕히계세요

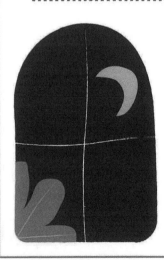

대전경덕중학교

14살의 나의 아빠 에게

안녕하세요. 저는 14살의 아빠 아들이에요.

아빠는 2044년 결혼도하고 애도 가지고 잘 살고 계세요.

아빠가 14살이였다면, 장난기도 많고 활발하셨을거

같아요. 저는 경덕중에서 친구들과 잘 지내고 있어요.

그리고 제가 말 안들을 땐 강하게 키워주시면

좋겠어요. 앞으로 착한 내가 될게요.

저 때문에 고생하시고 키워주셔서 감사합니다.

대전경덕중학교

051

14살의 나의  에게

안녕 나는   2024년의

엄마 딸이야   나를 낳기 전도 낳기 후도 맨날 일만 안했으면

좋겠어 나를 낳기 전에 많이 놀아 낳고 후도 놀아 나는 엄마가

놀았으면 좋겠어 엄청 많이 놀고 그후에는 오빠랑 나를 더

봐줬으면 좋겠어 엄마아빠 때문에 어릴때 딸은 외로움 밖에

없었던 것 같아 엄마아빠 오빠랑 내가 돈 없다고 욕라 안할게

돈 없어도 돼 진짜 괜찮으니깐 오빠랑 나랑 얘기 많이 하자.

엄마는 오빠랑 내가 힘들다는 걸 모르는 것 같아.

  가끔은 알아줬으면 좋겠어   나는 엄마아빠가 맨날

이웠어

  나랑 왜 얘기 안해줬는 지   맨날 일 가서   우리을

봐주지 않았는지 나는 만날 불만 이있어.

          엄마 아빠가 나를 아주 많이 사랑하는 걸

알아 오빠랑 나를 위해 일하는 맘음도 알고 이해해

  그치만 만날 서운했어

1   1/2

대전경덕중학교

14살의 나의 엄마에게

만약 2024년의 엄마가 이걸 읽으면 무슨 반응일까

나는 사실 엄마가 많이 원망스러웠어 사랑한다면서

맨날 나를 혼자 뒀잖아 ; 말로만 사랑하고 행동으로 안 사랑 했어

그렇게 사랑하면 짧은 시간이라도 나랑 있어 줬어야지

엄마는 정말 좋은 사람이야. 근데 가족을 더 생각 해줬으면

좋겠어 단지 일이 아닌 걱정을 더 생각해줘 또 내가

원망스러워 엄마아빠 언제 올지 한 없이 기다리던 내가

원망스럽고 초라해 늘 엄마아빠한테 바라는 내가

원망스럽고 이상한 것 같아 2024년에 엄마의 딸은 결국

엄마한테 마음을 닫아버려 이 편지를 읽고 내가

마음을 닫아버리기 전에 날 혼자 두지말아줘 근데 가끔

너무 자유로우면 안돼는 것 같아 그래도 나는 무슨 일이

있어도 엄마 아빠 사랑해.

2/2

대전경덕중학교

14살의 나의 엄마 에게

안녕 나는 2011년에 엄마가 낳은 딸이야 엄마 아마 내가 2022년도 부터 좀 삐뚤어 질거야 아마 내가 삐뚤어진 이유가 사춘기가 좀 심하게 와서 그랬던거 같아 14살에 엄마도 사춘기가 와서 삐뚤어진적이 있을거 잖아 2022에 사춘기 온 나를 조금이라도 너그럽게 이해해줬으면 좋겠어.. 그때의 나는 엄마가 세게 나올수록 나는 더 삐뚤어질수도있어 그런 나여도 이해해줄수 있지? 그때의 나도 최대한 엄마에게 못되게 행동하지않도록 주의해볼께 2022의 나랑 오빠를 엄마 혼자서 감당하느라 좀, 많이 힘들거야 내가 해줄수 있는건 없지만 그래도 내가 엄마의 짐 덩어리가 아닌 힘이되었으면 좋겠어 비록 효도해주는게 이런 글 밖에 없어도 이 글이 다 내 진심이라는걸 알아줬으면 좋겠어. 항상 미안하고 사랑해 항상. 힘내줘 엄마에게 지치는 일이 없었으면 좋겠어

대전경덕중학교

14살의 나의 오빠 에게

안녕 오빠 나는 오빠가 태어나고 2년뒤에 만날 동생이야
우리가 옛날엔 사이가 엄청 돈독한 사이같아서 좋았는데.. 지금은
왜그렇게 된걸까 내가 5학년이 되기 전 까지만 해도 같이
빵터기도 나눠먹고 블록놀이도하고... 같이 색종이도 접으면서 동영상
도 찍고 숨박꼭질도하고 되게 여러가지 놀이를 했던거 같은데 지금
은 우리 사이가 정말 날카롭워 졌지... 이게 다 점점 변하니까 나
도 옛날 기때으로 돌아가고 싶더라고.. 내가 오빠한테 나쁘게 행동만
하지 않았더라면 옛날사이 그대로유지할수 있었겠지? 오빠
내가 못나게 행동해서 미안하고 내 절반의 기억을 재밌게
해서 고마워 항상 고맙고. 미안해

대전경덕중학교

14살의 나의   아빠 에게

아빠, 아빠는 공부안해도 돼 그냥놀
아도 돼 나는 아빠가 나중에 낳을 아빠
의 14살 아들이야 아들을 키울때는 자
유가 좀필요한것 같아. 용돈도 좀 주고 놀
수도 있게 해주고 그렇게 키워야 해 공부
를 못해도 화내지 않아야 하고 말을 안
들어도 욱박지르게 않고 키워야하고 그리고
부모님말좀 들어드리고 동생들도 좀도와주고
살아 그리고 안녕

대전경덕중학교

14살의 나의 어머니 에게

엄마, 저는 2024년도에서 온 아들이에요. 그리고 2년년에

제가 태어날거예요. 그리고 2024년이 지금 전 14살이에요.

엄마와 나이가 똑같아요. 그리고 현재 엄마가 공부하는 것도 도와주고

지지해주고, 키워주시거든요. 그래서 현재의 엄마께 너무

감사해요. 그리고 고등학교를 담임 선생님이 외고를 가라고

하거든요. 그래서 외고를 가면 후회하지 않을수도 있어요.

그런데 너무 힘들게 공부하지 마세요. 왜냐하면

건강이 가장 중요하기 때문이에요. 그리고 엄마를

항상 응원해요! 그리고 목표를 향해 노력하는

엄마의 모습이 너무 멋져요! 그리고 충분한

수면이 중요하기 때문에 충분한 수면을 취하세요.

그리고 엄마 너무 고맙습니다.

그리고, 사랑합니다.

다시 한번 말하지만, 항상 응원 합니다.

대전경덕중학교

14살의 나의 엄마 에게

엄마내가 철없이 엄마 한테 이거 사달라저거해달라
땡깡부려서 미안해 나중에 꼭 성공해서 전부다 갚을께
우리 키우느라 고생했어 그리고 너무미안해
내가꼭 효도할께 미안해 엄마는 나한테 해줄게많은
데 난 엄마한테 해줄게없네 내가너무미안해

대전경덕중학교

14살의 나의 엄마 에게

엄마 안녕? 엄마가 11년에 낳을 아들이야.
내가 태어나고 크는동안 실수하거나
화를 낸다해도 크게 혼 내진 말아줘.
지금은 물론 내가 말한거의 반대지만
그 때에 나에게 삐뚤어 지지 않게
잘 대해 줘으면 좋겠어.
지금은 별것도 아닌일에 짜증을
내서 나까지 짜증이 생기는일이
종종 생기니깐 내가 초딩이거나
어리거나 해도 친절 하게 대해줘.
그럼 이만. ^^...

대전경덕중학교

14살의 나의 엄마 에게

안녕 엄마 나 14살 엄마의 아들이야
엄마는 나를 2011년에 나를낳아 내가 14년
동안살아 봤지만 나는 아무래도 공부랑운동은
전혀 아니야 하지만 내가 잘 하는것은
그림이더라고 나는 다른것은 못하지만
그림하나는 엄청 잘 그려 엄마가 과거에
나한테 그림 그려달라고해서 그날부터 그림연습
을 많이 해서 엄마덕분에 그림을 잘그리게
됐어 고마워요엄마 사랑해요

대전경덕중학교

14살의 나의 엄마 에게

안녕 하세요? 당신은 미래의 20119년에 어떤 아이의 엄마가

될것입니다. 그 아이에게 무작정 화를 내지 말고 이유를 들어 주세요.

지금 공부 열심히 하면 나중에 도움이 되니까 공부 열심히 하세요.

그리고 그 아이에 입장도 생각해 주세요. 그리고 그 아이에

의견도 물어봐 주세요. 그 아이의 의견을 안 물어보면 그 아이의

기분이 안 좋아 지니까 조심해 주세요. 항상 사랑해요

대전경덕중학교

061

14살의 나의 엄마 에게

안녕 엄마 난 2011년에 낳은 아들이야 엄마
한테 해주고 싶은 말이 있어서 찾아 왔어
내가 5,6 학년때 내가 축구선수가 되겠다고
앙탈을부려 엄마는 아마 "네가 축구선수가 될수가
없어" 라고 말할꺼야 하지만 꾸준하게 연습하고
포기하지 않고 그러면 나도 축구선수 될수도 있어
그러니까 무조건 반대만 하지말고 할 수있다고
말해줘, 그리고 14살부터 100 살까지 나
잘키워줘, 그리고 나는 체육하는 짓을 좋아 하고
매점가는 짓을 좋아 하고 얘기 하는걸 좋아해
그럼 나 잘키워줘,

대전경덕중학교

062

14살의 나의 엄마 에게

엄마 안녕, 나는 미래에 엄마 딸이야, 내가
14살이 되어서 엄마에게 할말이 있어서 왔어
엄마, 엄마는 고민을 쌓아두지 말고 털어놔
내가 쌓아둔 고민이 있는데 걱정이 많이 되고
힘들어 그러니까, 고민을 털어두고 덜 힘들
었으면 좋겠어, 엄마 엄마딸은 마음 한 켠에
고민이 쌓이고 있으니까 얘기 하는 시간을
늘려서 고민을 덜어줘, 그리고 나는 하고
싶은게 뭔지 모르겠어 그러니까 무조권
공부 하라고 하지말아 줬으면해
그리고 딸의 꿈을 응원해줘 딸은 그 꿈을
이루려고 노력하고 있으니까 걱정하지 않아도돼
그리고 이 편지를 읽고 나서부터는
하고 싶은거 하면서 행복했으면
좋겠어 어린나이에도 고생하니까
잘 못해줘서 미안해, 사랑해

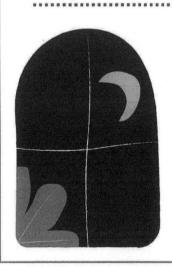

대전경덕중학교

14살의 나의 아빠에게

아빠 난 14살인 아빠 아들이야 나 육상부 시키지마 너무 힘들었어. 그리고 나 태권도 줄이 안해도 될거 같아 차라리 다른 학원 보내줘. 그리고 아빠 하고 싶은것도 좀 하고 살아. 아빠 나중에 공부 안했다고 엄청 후회 했어. 형은 지금 고등학생이야 육상을 해서 체육고등학교 가서 장대높이 뛰기 하고 있어. 난 지금 부족한거 없이 잘 크고 있어서 걱정 안해도 될거 같아 나 어릴때 농구복도 했으면 좋을거 같아 지금 내가 농구에 폭 빠져있어

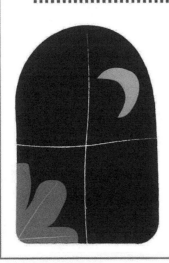

대전경덕중학교

14살의 나의 엄마, 아빠에게

안녕 나는 2024년에서 살고있는 14살 딸이야.
엄마 나는 엄마가 운동을 했으면 좋겠어. 그러면
나중에 병원도 많이 안갈거야. 그리고 나중에
아빠는 담배를 피지마. 담배를 피면 건강이 안좋아
지니까. 그리고 이 편지 알아봐도 나 한테 말하지마
☺ 민망하니까 ☺?! 그리고 아직까지 엄마, 아빠는
복권에 당첨되지 않았어 ☺하하 어쩔 누 없성
그리고 손빨래를 많이 해야되니까 열심히 오락실에서
철권? 게임으로 손가락을 달련해 ☺? 그리고 우리집 전자레인지
중 해놓는 버튼이 고장 날 누구? ☺ 엄마, 아빠 사랑해 ♡ ʕ•ᴥ•ʔ

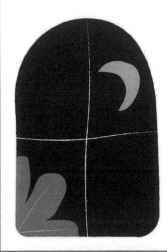

대전경덕중학교

14살의 나의 엄마 에게

엄마 안녕! 엄마 그거알아? 나 그래년에 엄마

아들이 될거야. 그리고 나 키울때 너무 뭐라고만 하지말고

잘 키웠지? 엄마 2023년에 내가 사고치고 애들이랑 나쁜짓

안좋이해서 엄마하고 아빠 많이 실망시키고 날 원망할거야 미리

알려주니까 너무 이뻐하거나 뭐라 하지마! 엄마 그리고 중학교

들어가면 엄마한테 화내고 말대꾸들 하게될거야 내가그렇게

행동해도 이해해주고 그래도 나는 엄마한테 잘해주고 싶었는데 그게

내맘대로 안되더라 엄마 내가 태어나면 많이 힘들고

지칠거야. 하지만 나클때 까지만 조금만 힘내 줘! 그리고

나중에 엄마의 아들은 공부는 싫어하고 친구들하고 노는걸 좋아해

그러니까 많이 놀게 해주고 공부는 조금만 시켜줘야돼 엄마 그리고

나 2018년도 될때 어떤 친구랑 크게 싸우게 되거야.

나 잘 챙겨줘 알았지? 그럼난 이제 가볼게

힘내고 엄마가 좋아는 일하고 음식 먹으면서

행복한 인생 살아그럼 안녕!

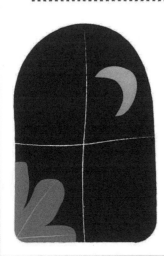
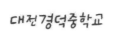

대전경덕중학교

14살의 나의 엄마   에게

엄마 난 2024년에 사고를 만이칠거고 아마

반항을 하겠지 그래도 상냥하게 대해줘 그리고 그 아들이

학교에서 친구도 만이 사귀고 그 아들이 꿈을 가질 거야

그 꿈을 응원해줘 지금은 힘들어도 사랑해줘 공부하라고만

하지말고 그래도 성실하고있으니 그 아들에게 약속해줘

영원히 사랑해 줄거라고 믿어준다고 그 아들이 안심할수있게

행복하자 다같이 모두와 아프지 말고 행복하자 엄마가

해준 만큼 그대로 돌려줄게 그러니 그 아들을 기다리고

믿어줄수 있지? 그럼 그 아들이 꿈을 피우는 날이 올거

야 그날을 위해 그아들 아니 난 엄마처럼 성실하고

포기하지 안는 사람이 될거야 엄마 빛이 있으면

어둠이 있고 무언가가 있으면 그것에 그림자가 있어

그 빛과 무언가가 엄마가 되죠 엄마

미래에도 지금처럼 사랑해 줘! 그리고

지금말해서 미안하고.. 사랑해!

대전경덕중학교

14살의 나의 엄마 에게

엄마 엄마가 2011년에 아들을 또 낳을거야 나는 어느덧

14살인데 꿈이 진짜 정말 많았어 비록 엄마때문이라곤

할순없지만 내꿈을 포기 해야 할때가 많았지 5학년땐

운동을 하고싶었지만 축구도 포기하고 6학년땐 게임을 하고 싶었는데

내가 게임학원을 다닌다 했을 때도 안된다며 반대하고 학원이 많아져

게임도 못하고 포기했지 그리고 나는 많은 꿈을 원하지만

엄마가 원하는 직업과 달라서 이루지 못했어 하지만

아들을 낳으면 아들이 원하는 직업을 시켜줘

대전경덕중학교

14살의 나의 엄마 에게

엄마미래의 나야 내가 5학년때
Bmx 자전거를 사달라고할거야 그 때
무조건 안되다하지말고 5 학년때내말을좀
들어줘 그리고 중학교1학년 4월 21일날
내가 픽시라는자전거를 사달라고 할꺼 야 무조건
반하지 말고 나의말을들어줘

대전경덕중학교

14살의 나의 부모님 에게

안녕!! 엄마! 아빠! 그거 알아? 편지 속에서는 나랑 엄마, 아빠랑 같은 나이 안어.. 신기하지ㅜㅜ 안믿기겠지만 2011년도에는 내가 태어나는거. 만약 다시 태어나도 난 엄마, 아빠 자식 할게ㅎㅎ 14살때는 아무걱정 없었어? 지금은 어때? 14살 vs 지금 뭘 선택하고 싶어..? 아빠 일 힘들지.. 힘내고!! 엄마도 힘내!! 난 학교 재밌어~ 원래 학교다니때가 좋다잔아! 난 지금을 즐길게, 엄마 아빠도 우리 하지 말고 우리그냥 즐기자. 기짜피 해야할 일 같아. 재밌다고 생각하면 솔직히 좀 재미있을 수도? 엄마 아빠가 이걸보고 내 편지 알아 볼것 같기도 엄마 아빠는 진짜 특별한것 같아. 언제나 내 0번 이아ㅎㅎ 항상 내 부탁 다 들어주어서 감사해요ㅇㅇ 진짜 사랑 하는거 알지!! 난 우리 가정이 제일 좋아!! 사랑하고 미 안아? 고마워…♡

대전경덕중학교

14살의 나의 엄마 에게

안녕? 나는 엄마가 2011년에 낳은 딸이야.

엄마는 2011년에 성격이 어릴 땐 소심하고, 발랄하고 꾸미는 것을 좋아하는

딸을 낳게 될 것이고, 2013년엔 한 아들을 낳게 될거야.

그리고 내가 조금 컸을 땐 학원을 바꿔달라고 할거같든? 그 때 나를

너무 원망하지 말고 내 얘기 한번 들어주고 결정 해줬으면 좋겠어.

마지막은 2016년까지 신나게 놀았으면 좋겠어. 알겠지?

그럼 안녕.

대전경덕중학교

14살의 나의 애완묘 "양양이" 에게

안녕 양양아 누나야 내가 7살때 우리 처음 만났잖아 그때 가족여행 갔을때 어린 내가

너가 안쓰러워 아무것도 모른체로 데려왔어 그때 너는 너무 어려서 너무 너무 귀여웠다!

그러면서 너는 내 친구들도 만나고 처음으로 츄르도 먹고, 내가 장난감도 사서 놀아주고 그기동안

내가 공부도 하면서 내 기준에서는 행복하게 키워 겼던것 같아 그러다가 내가 9살 때 인가

멍키가 우리집의 새로운 애완동물이 됬었어, 처음에는 너랑 멍키랑 많이 싸웠는데 1년 정도

지나니까 멍키가 산책다녀와도 그때는 네가 반겨주면서 냄새도 맡고 그랬었지...

그러면서 한번은 산책다녀왔다 네가 안방에 작은 벌레 3마리를 들고 왔던것도 2년 ~3년 ?

전인거도 어제인 것처럼 기억나. 네가 가스레인지가 따뜻 했었나봐 그때 네가

가스불에 연결을 대고 있다가 수염이 다 타버긴 적도 있었잖아 나랑 엄마는 그때 엄청

놀랬던 경험이 있어 그리고 내가 11살 12월달에 학원을 다니면서 너랑 끝이 있는 시간이 엄청많이

줄었어 그때 내가 너랑 더 오래 있을걸 공부만하다가 하루가 지나고 그게 1년인가 2년인가

반복됬었어 그때 너에게 좀 소홀했던것 같아 네가 놀자고 해도 귀찮아 하고, 그때 뭐터인가

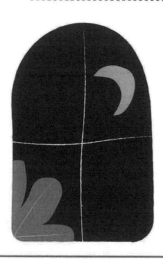

너가 예전처럼 애교 랑지 않고 나이가 좀 있어서 그런가

원래 예전에는 장난감 그리고 노는걸 엄청 좋아하는 네가

그때쯤 부터 장난 감을 예전 만큼 좋아하지 않았어

1/2

대전경덕중학교

14살의 나의 애완묘 에게 2

근데 내가 너무 늦게 왔었나봐 그리고 네가 산또 많이 빠져있어서 간식도 많이주고

단백질 습식사료도 많이 줬노라에 어째서인지 살은 잘 안찌더라 그러다 이사 계획이 세워지면서

너를 산로쪽에 보내기로 얘기가 된거야 그때 떠나보내는 느낌을 몰랐는데 넌 보내고서 야

위험한 일이 일어나고 너의 마음이 아팠어 그때 좀 멀게가도 더 출겼 그랫나 내가 떠난지

1년하고도 1개월 됐내 나의 5년 동안 함께해줘서 미안하고 고마워, 나중에 꼭 만나자 !

2/2

대전경덕중학교

14살의 나의 사촌 형 에게

형, 서울에서 사느라 못본지 좀 됐네. 나는 형의 조카야. 여긴 2024년도야. 형이랑 지금의 나는 나이가 같아. 그 땐 어떨지 모르겠네. 형이 주식을 한다면 테슬라에 다 넣어야해 2023년도에 1000%로 뛸꺼야. 또 비트코인도 사야해. 형은 성인이 돼서 담배를 펴. 추천하지 않아. 공부도 중요해. 삼성이라는 지금의 대기업에 취직하면 미래가 보장 돼. 가끔 찾아 와서 봐주고 놀아줘서 고마워. 14살의 형도 나 처럼 행복해? 행복하길 바랄게. 현재의 형은 결혼도 하고 바빠서 자주 못오지만 어머니께 잘 해야해.

그럼 이만

난 갈게. 행복해야 해!

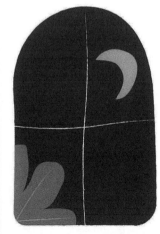

대전경덕중학교

14살의 나의 엄마 에게

안녕. 나는 나중에 2011년도 엄마가 낳을 아들이야.
엄마가 낳을 아들은 학교에서 잘 웃으면 재미있게 잘지내고
있어. 그리고 엄마는 나랑 또 형을 낳아 형은 나보다 2살 많고
중학교 3학년 키가 180? 정도 돼. 엄마가 나중에 후회하지
않게 행복하게 살면 좋겠어. 그렇게 지낼려면.
공부를 열심히 해서 대기업에 들어가거나 비트코인이
란 것을 사. 강남에 땅도 사면 좋아. 그리고 형이랑 나는
게임을 좋아해. 서울가서 게임학원 보내주고 돈 많이
벌어서 행복하게 살고 나중에 2011년에 봐.

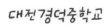
대전경덕중학교

14살의 나의 목사님 에게

만약의 ~~목사님~~ 목사님이 14살 지금 나의 나이로 돌아가신다면 하고싶은 말이

있습니다 단하나의 말 앞이 컴컴 하고 어둠이 있다 해도 꿈을 향해

한발작 한발작 걸어가자 고 무섭다면 같이 걸어 주는 내가 되겠다고

말씀드리고 싶습니다 옛날에는 젊은 학생이 였지만 지금 2024

년에는 3남매의 아버지이고 교회를 창립하신 목사님 이 죠 저는

그런 목사님이 대견하다 생각합니다 또 저의 아버지 같습니다

또 저를 위해 애쓰고 기도드리는 목사님, 부모님께 효를 드리는 자랑스러운

아들 입니다 그아들 이어른이 되어 결혼을 하고 아들 딸을 키우고 그아들

딸이 결혼을 하고 그 아들 딸이 아이를 낳으면 목사님도 할아버지가

되죠 제가 목사님이라 면 어제 만 해도 친구들이랑 수다를 떨면서

집을 갔는데 벌써 3남매에 아버지라는게 믿겨지지 않을 것 같습니다

아 맞다 목사님 도 1978년 4월쯤에 성남동 그시대때는

허허 벌판 인 곳에 하나의교회 를 세우시게 됩니다

그 교회는  사람들이 사랑하고 좋아합니다

지금은 재개발 때문에 사람이 거의없습니다

대전경덕중학교

14살의 나의 친할머니 에게

할머니 안녕하세요 오래만이에요! 제가 아주 여렸을때

엄빠가 떨어지는 바람에 저는 1학년 ~ 4학년까지 할머니 에게

자랐어요,, 하지만 제까 크면서 이제 생각을 해봐요 제까 14살이니

할머니가 만약 14살이 있다면 할머니는 엄청 성숙한, 항상 웃는, 사람일꺼 같아요

2019년 때는 코로나가 생겼어요 할머도 14살때, 힘들었죠2, 저도

지금이 행복할때도 있고 슬플 때도 있고, 우울할때는 노래를 들어요

제 마음을 알아주는 사람은 별로없는게 같아요, 저도 할머니와 같은 나이가

되면 저도 인생에 대해서 잘알껬죠2, 저도 할머니가 인생의 대해서

알려줬습해요,, 제가 탈틀을 한다면 할머니 몫까지 열심히 살수 있어요

크면 제가 잘못했던걸 후회 하겠죠2, 저도 제까 잘못했던걸 인정해요,,

나중에, 저는 모두에게 꼭 사과를 할꺼에요,, 지금은 제일 힘든대는

인간관계까 힘들어 같어요,,

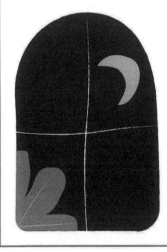

대전경덕중학교

14살의 나의 엄마 아빠 에게

엄마 아빠 엄마 아빠는 대학생 때 만나고
연애를 하고 20에년 때 저를 낳으셨고 재태어났어요
저를 키우는 동안 힘들고 재밌고 많은 일들이 있었죠
그리고 전 커서 14살 됐어요 학교생활이 재밌고
싸우고 많은일이 많았어요.. 14살의 아들이 걱정
이 일 엄마 요즘따라 애들하고 갈못 올리는게 같
이요..

대전경덕중학교

078

14살의 나의 어무니 에게

안녕 나는 2011년에 엄마가 낳을 엄마딸이야

엄마는 2000연에 대학교에 갈것이고 2002년에 아빠를
만날거야 그리고 둘은 결혼을하게되고

그리고 2011년눈이 펑펑오는날 첫째 딸을 낳게 될거야

그 딸은 엄마를 힘들게할거야 그래도 엄마는너무 힘들어
하지만고 초6때 학교에서 전화가올꺼야, 친구 사이가 안좋다고

그래도 나중에는 친구강 사이가 멀어지고 중학교에 와서

새로운 친구를 만나서 잘 지낼 거야, 그러니까 초등학교6학년인 2023년에

너무 힘들어하지 않아도 괜찮아 2015에 태어난 동생이있을거야

첫째 딸 처럼 너무힘들게 키우지 말고 마음 편히 키워도 고반찮아

둘째딸은 착하고 예쁜짓만 하고 잘 지낼 거야 그니까너무

힘들어하지마 나가 나중에는 커서

꼭 효도하게 사랑해엄마

대전경덕중학교

14살의 나의   엄마 에게

엄마 나는 미래에 엄마딸이야.
내가 초등학교 2학년때에 사고를 가장 많
이 치고 6학년때 많이 힘들어할거야. 2학
년땐 내 행동을 말로 잘 타일러주고, 6학년땐
마음껏 울라 하고 위로 해줬으면 좋겠어.

                                                    그
리고 우리는 미래에 강아지, 햄스터,고양이를 키
우게 될거야. 어쩌면 나보다 귀여울수도 ㅇ ㅎ
그리고 내가 마트에서 바비인형 때문에 학
원 다니자고 할텐데... 절대 보내지마... 학원
도 별로야... ㅋㅋ 아무튼 얘기 들어줘서 너무
고맙고 엄마에게 화를 내도 진심
아니야 사랑하고 너무 고마워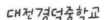

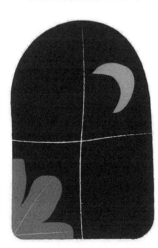

대전경덕중학교

14살의 나의 아빠 에게

안녕 나는 아빠 미래의 아들이야 아빠가 초등학교 때
힘들었지만 잘 이겨줘서 고마워 내가 초등학교 6학년때
사고를 많이 치는데 아빠가 이해해

그리고 비트

코인이 있는데 아빠 전재산 투자해 그러면 우리 부자 돼
2024년에 아빠는 아들 둘이랑 ㅁㄴ 엄마랑 같이 행복하게
살거야

14살의 나의 엄마 에게

엄마의 14살의 모습은 어땠을까? 엄마 2019년에 코로나가 퍼져서 2020년에 한국으로 퍼질거에요. 엄마 14살 때는 저랑같은 나이 였지만 그때는 어땠을까요. 그리고 2023년부터 코로나가 거의 없어질거에요. 그리고 그때대당시 학교는 어떠셨나요. 그 때 재밌으셨나요? 세상은 어떠셨나요 엄마가 14살 일때도 반말 같은 건 못하겠네요. 14년후 '   '라는 아이가 생겨 날 거에요. 14살 때당시 꿈은 뭐였나요. 엄마 14살때 당시의 엄마의 모습을 보고싶네요. 엄마 14년후에 저는 꿈이 경찰관이 었지만 언젠가부터 만화가 13살때 애니머이터 일거에요 엄마는 어땠나요. 지금저 처럼 꽃보다 아름다우셨을거에요. '엄마 저를 3억분의 1로 생명을 주셔서 고맙습니다.' 엄마 사랑합니다. '엄마, 엄마엔 곁엔 저가 늘 곁에 있어드릴게요.'

대전경덕중학교

14살의 나의   엄마   에게

1984년 14살 엄마에게

안녕 엄마! 1984년... 진짜 옛날이당... 엄마는 어때?

친구들도 좋고 갔고싶은 것도 많고 중학교 첫 년도 엄마는 어때?

난 행복해 친구들도 꼭 좋은 친구만 있는건아니지만 친구가

제일 좋을 나이 징... 부모님 이랑 싸우기도 하고 사촌기도요고

난 학원, 공부때문에 힘들어.. ㅠㅠ 너도공부하느라 힘들지?

근데요 좀사실 좀 힘들어ㅠㅠ 용돈도적구... 공 부도 더힘들어 졌고 ㅠㅠ

근데 엄마는 공감도 안 해주고 ㅠㅠ 나도힘든데ㅠㅠ ...한번 생각

해봐 진짜어 엄 마는 어땠을까.. 근데 1984 년 엄마에게 난

공부도 필요없고 지금을즐기라고 하고싶어... 더 젊을때 더많이

앞으로는 시간이 없을거야 ...공부도어려워지고공부 량들도 많아거고

친구도많이 없어질거야..그러니깐 많이 놀아 엄마는 진짜

　　　　크게 성공한 사람 이될거야!!

　　　　　　　　　　　　　이모랑

할머니랑 행복하게 살아!! 그럼 14년동안 감사했어요!

엄마! 사랑해요! 1984년 14살 엄마에게!

대전경덕중학교

14살의 나의 오빠 에게

오빠, 나 오빠 동생이야 오빠는 지금 14살이 훌쩍 넘었지만

오빠도 14살이었던 시절이 있었겠지? 내가 14살의 오빠한테 편지

를 써보려고 해 오빠 나는 현재 벌써 14살이다? 오빠 2024년

모가 되면 오빠 동생이 14살이 되있을거야 철은 아직 안 들었어

그래도 2023년보단 훨 나아졌어 나를 몇년 동안 철들게 해준것도,

성격을 아주 조금이라도 바꾸게 해준것도 모두 오빠 덕이다~ 솔직히

나는 지금도, 2024년도, 항상 오빠 밖에 없어 부모님보다 오빠가

더 나를 잘 챙겨주고 애정을 더 많이 주거든 오빠도 2024년으로 나중

에 가보면 알거야 오빠 자신도 동생에게 되게 잘해준다는 걸 오빠

나는 어릴 때보다 2024년이랑 2023년에 더 많이 울어 철이 조금

들고 오빠한테 미안하기도 하고 감사하기도 하고 그래서 혼자 많이 울어

오빠 엄청 장난꾸러기지? 학교에서 친구들이랑 다 두루두루 어울리고

그러지? 난 다 알아 왜냐하면 오빠는 2024년

에도 그렇게 성격이 깨끗하고 따뜻하고 좋거든

오빠 지금 다니고 있잖아

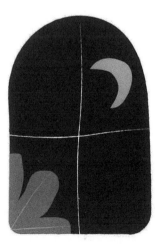

1/2

대전경덕중학교

14살의 나의 오빠 에게

되게 신기하다 오빠 2024년에는 경덕중학교에 지하도 생기고 지하에 노래방이랑 쉼터랑 닌텐도랑 생길 거 다 생겨 있을 걸 나도 입학하고 엄청 놀라고 좋아 오빠 지금도 나 이렇게 잘 챙겨주잖아 2024년 되고 나서 더 잘 챙겨준다? 나 진짜 감동이야... 난 지금도, 2024년에도 엄마, 아빠보다 오빠가 더 좋아 아마 내가 외동이였으면 하루하루가 지옥 이였을 거야 내 삶에 들어와줘서 고마워 언제나 사랑해 평생 내 곁에 있어줘

2/2

대전경덕중학교

14살의 나의 엄마 에게

나는 오늘 국어시간에 14살이였을 때 엄마에게 만약 14살
은 어땠을까? 라고 걸 생각해서 써봤어

엄마도 나랑 형제를 낳기 전에 엄마이기 전에 한
소녀였겠지.. 엄마가 요즘은 굉장히 힘들 쳤지 자식들은
말 안 듣지 또 잘 말하면 짜증내지 많이 힘들겠지...

조금은 많이 힘들겠지만 엄마는 어렸을 때는 어땠을까?
엄마는 우울했을 것 같아 엄마가 외할아버지가 초6에
돌아가셨다고 했잖아 나는 솔직히 외할아버지가 어땠는지
어떻게 생겼는지 몰라서 슬프지 않았지 근데 과연 엄마는
안 슬펐을까? 나는 아빠 엄마가 돌아가신다고 생각하면 결써 슬퍼
엄마는 아무리 외할아버지가 싫다고해도 슬프지 않았을까?

엄마가 아무리 슬퍼도 그 슬픔을 이겨내고 일어났으니깐

이렇게 나도 있고 아빠도 있는게 아닐까?
나는 예전엔 엄마 과거 이야기들으면서 자겼고 생각됐는데
지금 생각해보니 굉장히 아픈과거 더라,

1/2

대전경덕중학교

14살의 나의 엄마 에게

내가 진작 그 아픈 과거를 알았더라면 , 엄마는

달라져 있을까? 똑같을까? 완전 다르진 않았어도

살짝은 바뀌져 있겠지 "내가 조금더 일찍 깨달을껄 "하라고

조금은 후회가 되비, 그래도 과거는 아픈 과거 이지만

미래에는 굉장히 끝은 안 좋지만 예쁜 자식들이 있을꺼야

그 자식들 때문에 많이 힘들겠지만 엄만 그 힘든일도

넘기고 멋있게 일어나서 삶을 다시 살겠지 ,

엄마가 힘이들때면 자식는 애에도 가끔씩은 도움을 청하거나

속마음을 대충이라도 털어놨으면 좋겠어 편지가 너무 길지?

근데 쓰다보니깐 이렇게 되었네 다시 한번 말하지만 ,

14세의 어린 아이였던 나랑 똑같이 생긴 그 소녀는

미래에 멋있는 엄마가 될꺼야 아 그리고 그 소녀가

만날 남편은 싸움을 잘하니깐 조심해!!

근데 여간못때겨!! 그래도 조심하고 내가 화가가 되어서

돈길 걷게 못 해줘도 다른 방법으로 꽃길같은

돈길 걷게 해줄게!! 힘들어도 다시 일어서서 다시 걸어

힘을내.!! 할수있어! 화이팅!!!

2/2

- 사랑하는 딸래미가♡ -

대전경덕중학교

14살의 나의 엄마. 에게

안녕 엄마 나는 엄마가 20년에 만날 엄마 딸이야.

잘 살아서 행복하게 살아 그러니까 힘내! 그리고 엄마 의 엄마는 질병에 걸려 하지만 건강해 그래도 괜찮해

엄마의 아빠 는 어디선가 잘살아. 지금도 살아계셔. 그리고 엄마 만화 책 적당히 보고 공부해 지금의 엄마는 힘들게 살아. 나중대도 행복하지만 일이 많이 힘든것 같아. 많이 서있는 일이라 그런가 봐 그리고 내가 사춘기가 와서 괜히 못되게 굴어도 속으론 많이 많이 사랑해. 마지 막으로 사랑해 엄마.

2024년 4월 22일
-14살의 엄마 딸이 -

대전경덕중학교

15살의, 나의 울타리에게

보낸 이

대전경덕중학교 2학년 공승배, 김도영, 김연진, 김은호, 김지우, 박준원, 배주현, 안소영, 유석준, 이가윤, 이정선, 이태웅, 임윤아, 장성훈, 정지석, 조영묵, 진시우, 진오현, 하성언, 한수혁, 강도균, 김도현, 김예람, 김예지, 김후란, 노희주, 문석현, 서민, 서윤호, 서현준, 송찬영, 신재균, 오연호, 오진호, 이유주, 이은제, 이정우, 이현아, 임성국, 정유준, 채주원, 최슬비, 한성훈, 홍은지, 정혜인, 김영찬, 김지호, 김태현, 남다희, 박은진, 박태환, 송예빈, 신승명, 신유림, 연찬모, 용서연, 이상훈, 이예원, 이진모, 이현비, 이효종, 임규현, 장진영, 정가인, 정서연, 조유신, 채진욱, 하은수, 한지성

※ 학생의 이름은 학번 순서대로 나열되었으며, 편지의 순서와는 무관합니다.

15살의 나의 엄마 에게

안녕? 엄마 나는 엄마의 예쁜 딸이야. 엄마는 지금 15살이지? 나도 15살이야.
엄마가 어른이 돼어서 아들하나에 딸을 둘 낳겠든.

지금의 나는 엄마랑 같은 나이인데
엄마보다 뭣를 못해. 그래도 엄마는 날 항상 사랑해주고 잘 할 수 있다고
해주잖아 그래서 나는 그건 내 엄마가 너무 좋아. 내가 엄마를 힘들게
할 때도 엄마는 날 사랑해주잖아. 엄마는 이렇게 착하고 상냥한데 나는
투해서 엄마를 힘들게 하고 엄마 한테 화를 내. 내가 15살이 되기 전까지는
매일 엄마에게 화를 내 하지만 15살이 되고 나서는 항상 엄마를 기쁘게 해 줘.
오빠가 학교도 안 가고 엄마를 때리고 그래도 오빠는 언제가는 철을 들게될거야.
그때 개는 엄마에게 정말 미안해 할거야. 엄마 지금 이 편지를 보고있는 엄마는
선생님이라는 꿈이 있잖아 엄마는 그 꿈을 이루기 위해 지금도 공부를 열심히
할꺼야. 엄마 고등학생 때 선생님이 엄마 성적으로 갈 수 있는 좋은 대학이 있는데도
조금 불안하다고 다른 대학교를 지원하라고 할 거야. 그때 선생님이 하신
말 듣지 말고 엄마가 갈수있는 좋은 대학에 지원해서 꼭 엄마의 선생님이라는
꿈 이루고 결혼 같은거 하지말고 엄마 마음 힘들게 하는 우리 낳지 말고
엄마 그냥 엄마 선생님돼서 하고 싶은데로 하면서 행복하게 살아.
엄마 언제나 항상 엄마를 사랑해.

대전경덕중학교

15살의 나의 엄마 에게

엄마는 나에게 있어 제일 소중하고 제일 의지되는 존재였어
하지만 그랬던 만큼 나에게 돌아오는 실망감도 컸어 그때 당시
난 의지 되는 사람은 엄마 밖에 없었는데 그래도 엄마의 역할은
잘 했다고 생각해 난 나에게 딱 적당한 행복과 실망을 줬다고
생각해 아직 난 짧은 인생을 살았지만 세상을 조금이나마 알게 된 것 같아
앞으로도 살면서 더 많은 눈물을 흘리고 더 많이 웃겠지만
그때 마다 엄마는 나의 버팀목이 되어줄거라고 생각해
내 겉모습을 보고 판단 하는게 아닌 내 속마음과 내 생각을 보고
날 믿어줬으면 해 앞으로도 잘 살아보자

대전경덕중학교

15살의 나의 엄마 에게

　　나의 엄마는 지금은 엄청 나에게 장난도
치시고 재미있게 해주시는 엄마에게도 15살 학생
시절이 있지? 엄마는 엄청 장난꾸러기에 친구들한테
잘해주고 도시락 가져와서 친한 친구들과 같이 배비고
나눠먹고 행복한 하루 하루를 지냈겠지? 엄마 학생
때랑 내 지금이랑 같이 놀고 싶다. 내가 엄마 판박이로
엄청 장난 꾸러기가 되었어. 그래서 오늘도 엄마랑 장난
치면서 행복하게 놀거야. 엄마는 참 엄마랑 닮은
둘째 아들을 낳아서 행복한 가정을 지내고 있으니까
15살의 엄마, 미래에 대해 걱정 하지말고 행복하게
살아 줘요. 엄마가 나 어릴때 경험도 많이 시켜주시고
건강하게 자라게 해 줬으니까 이제 내가 엄마에게 경험도

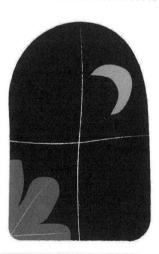

많이 시켜주고 효도도하고 남의 아들부럽
지 않게 해줄게. 다른 엄마들이 엄마를
부러워 하게 해 줄게요. 사랑합니다

대전경덕중학교

15살의 나의 아빠 에게

안녕하세요? 아니 15살이니 안녕이라 해야 하나. 아무튼 아빠는 늘 학창시절

에 공부를 잘했었다고 늘 말씀하시곤 했었는데 진짜 인지 궁금하네요. 그래도 이때

의 아빠 께서는 지금의 저 처럼 어리숙 하고 사춘기 때여서 부모님께 화도 자주 내었었겠죠?

만약 직접 본 다면 아빠 진짜 웃길것 같아요. 아빠는 어렸을 때에도 지금 엄크기랑 똑

같을 것 같아서. 솔직히 지금 제가 왜 아빠라 부르는지도 모르시겠죠? 저는 아빠의 미래에의

딸이에요. 15살의 나의 아빠께 하고싶은 말이있어 이렇게 편지를 써봤어요. 미래에서

아빠께서는 늘 제게 잔소리 하시곤 하는데 아빠께서는 제가 후회없이 자라나기를

바라는 마음에 제게 늘 말씀하시는 거 겠죠? 아 그리고 제 나이는 아빠와 같은 15살이에요.

또 아빠께서 말씀하시는 것 처럼 열심히 공부도 하고있어요. 막상 편지를 쓰려고 하니 순서도

뒤죽박죽이고 할말도 제대로 못 쓴 것 같은데... 아무튼! 아빠께서는 어른이 되서

엄청 아름다운 엄마와 만나 멋진 아들과 딸을 낳아 아주 멋진 아버지가 되실 거예요.

아빠께서는 잘 믿기시지 않으시겠지만...그러니 즐거운 학창시절 보내시고, 열심히 살아가

다 보면 저의 멋진 아버지가 되실거예요. 아빠껜 늘

죄송하고 감사한 마음 뿐이지만 늘 사랑해요. 아프지마

시고 멋진 아버지로 자라주세요. 그럼 잘지내 세요,

15살의 나의 아빠.

대전경덕중학교

15살의 나의 엄마 에게

엄마 4 죽이시간데 엄마5살 때 대해 적버 보고 있어 엄마
의 15살 때는 어때? 엄마 엄마가 나를 낳을거야.
그리고 엄마 을좋아오는 남자가 올꺼야 그리고난 너무 귀
였어 나는 잘지내고있어 그리고 2024년에는 포비도 많이
좋아 졌어 그리고 비트코인 많이사놔 돈이 많이될
꺼야 그리고 엄마 공부싫지? 나도싫어 그리고 미래 어느
엄마 의 직업 이 간호짜 가될 꺼야 그리
고 나의 아빠의 직업은 비밀이지만 쫴 좋으신 분이니
꼭 믿믿어서 나를 낳아 15살의 엄마의 삶이 궁금
더 20대의 라페관위는 무엇였던까? 그리고 그
때와 목교는 어떡해 생 겼을지도 궁금해 그리고
엄마 사랑해.

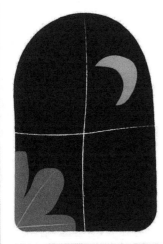

대전경덕중학교

094

15살의 나의 엄마 에게

나의 엄마에게 이 글을 쓰는 이유는 가정의 달을 맞이해서

쓰게 됬어. 내 나이 때의 엄마를 상상하여 써 볼게.

엄마는 학교 다닐때 되게 힘들었을것같아 엄마는 학교가

끝나자 마자 밭일을 도와주기 위해 외할머니 한테 갔겠지?

그리고 가족 식구 들도 많아서 도와 주니라 힘들었 겠지?

그래도 힘든 환경에서 홀자 힘으로 대전에 와서 생활 해야

됬어서 정말 마음 고생도 많았을 것 같아. 그럼에도 불구하고

아빠를 만나 형과 나를 낳아줘서 고마워.

근데 엄마도 아쿨기나 줄리병이 있었었어? 나는 요즘에 많이

예민해 져서 엄마가 잔 소리 하는거에 많이 짜증이 나고

엄마랑 다툼도 많이 생기는 것 같아. 그럴때 마다.

내가 너무 했나 후회돼 앞으로는 따뜻하게 말 해려고

노력 해야 될것 같아. 그래도 나는 엄마

많이 사랑해. 엄마 앞으로 잘지내자 안녕!

대전경덕중학교

15살의 나의 아빠 에게

아빠 45살이된 아빠의 아들이야 비트코인이란
걸 제발사줘 부자가되려면 주식을 지금부터
공부하는게 좋을거야 다른주식은 사지말고 삼성, 애플
워크로사 그리고 비트코인은 2022년에 떨어지니까
2021년에 다팔고 2023후반기에 풀매수하는걸
추천할게 그리고 강남땅좀 사두고 서울에 땅몇평만
있어도 돈 많아 벌거야 그리고 일찍결혼해야 해
그래야 좋으니까 그리고 80년대에 부자가되면
조용히 살면좋을거야 끝

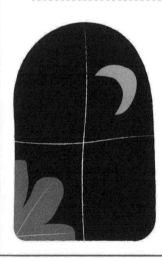

대전경덕중학교

15살의 나의 친구 같은 엄마 에게

엄마 안녕! 내가 15살인 우리 엄마의 모습을 생각해보려고 ㅎㅎ

평소에 엄마가 어른이여서 15살이였던 우리 엄마를 생각해본 적이

없었어. 엄마가 15살이였을 땐 되게 착하고 친구도 많았을 것 같아.

엄마의 결혼사진을 봤는데 엄청 이쁘고 젊더라

나 키우느라 힘들고 스트레스 받았을텐데, 자꾸 화내서 미안해

엄마도 꿈이 있었을텐데 내때매 포기한거 아니지?

엄마가 내 엄마여서 좋아, 미술학원 선생님이였던 것도

멋있고! 그리고 엄마가 15살이였을 때 나도 15살이였으면

좋았을거 같아. 그래야지 같이 오래 살 수 있잖아.

그래도 지금 우리 엄마도 너무 좋아!! 사랑해 내가

커서 호강시켜줄게. 더 쓰면 학교에서 울거같으니까

그만 쓸게 ㅠ.ㅠ 지금 우리아빠 만나서 나 낳아줘서 고마워

그만 쓰려고 했는데 우리 엄마한테 하고 싶은

말들이 너무 많다.., 엄마 그리고 너무 나 하고싶

은대로 해주게 하지마..ㅠ 엄마가 친구같아서

너무 좋아. 미안하고 고마워 엄마

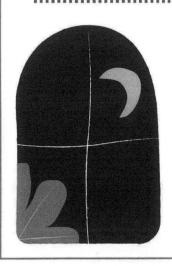

대전경덕중학교

15살의 나의 엄마 에게

엄마가 15살 때에 친구가 많을거 같고 자전거 타고 동네 한바퀴

돌 만큼 자전거 잘 탈거같고 나와 달리 엄마는 15살 때에는 반에서

앞에서 5등안에 들거 같다. 나는 지금 행복하게 학교생활 하고 있고

몸도 건강하니까 걱정하지마. 나는 엄마의 유전 받아서 너무 좋아 그리고 엄마는

나를 먹고 날려려고   일했는데 그게 벌써 17년 전이네 근데

엄마는 15살때 공부는 잘했었고 악처럼 수업듣기 싫어 했어? 아니면 무엇 듣는게 좋았어?

엄마는 모든게 완벽한거 같아. 안녕 '이   정말 좋은거 같아. 엄마 내

마음 알거?

대전경덕중학교

098

15살의 나의 엄마에게

엄마 엄마는 15살때 어땠어 엄마도
수업 듣기 싫고 그랬어? 엄마도 15살때 운동이랑
친구들이 좋았어? 나는 15살 되니까 운동이 그렇게
좋더라 난 운동선수 되고싶었는데 많이 살아온
엄마가 반대 했거 옛날엔 나 운동 안시켜준
엄마가 미웠는데 이제 알겠더라 운동 많이
어렵고 힘들다는걸 그래서 체육선생님 이라는 직업을
찾았거 엄마는 꿈이 뭐였어? 경찰? 요리사?
뭐였는지는 몰라도 지금 엄마 모습이 젤 멋진게!
지금 울엄마 맨날 내가 전화하면 늘 바빠 보이더라
너무 무리해여 일하지마 엄마 앞으로 추억도
많이 만들자 엄마! 사랑해 꼭 훌륭한 사람될게 흐흐

멋진 아들이

대전경덕중학교

099

15살의 나의 엄마 에게

오늘 국어 시간에 이렇게 글을 쓰게 되었어요. 그래서 엄마에게 썼어요. 내가 지금 이렇게 15살이 되어 보니까 고등학교, 대학교 고민 때문에 생각 하게 만들어요. 엄마도 이렇게 고민 할 때는 얼만아 고민 했을까 생각 해 보니까 엄마가 왜 공부하라고 하는지 알것 같아요. 그리고 왜 아침을 먹고 가라는 이유도 알았고, 일찍 일어나라는 이유도 알았어요. 그래서 오늘 부터 엄마가 하라는 것을 해볼게요. 저를 이렇게 키워 주셔서 감사합니다.

대전경덕중학교

15살의 나의 아빠 에게

난 지금 아빠덕분에 행복하게 지내고있어 그러니깐 아빠도 걱정하지말고 삶을 행복하게 지냈으면 좋겠어. 무리하게 일하지도 말고 행복한날들이 많았으면 좋겠어 2024년의 아빠는 가족들을 위해 온갖 걱정을 다하고 가족의 안전함과 편안함을 중요시하는 사람이니깐 그러니깐 15살에는 좀더 행복하게 지냈으면 좋을것같아. 조금만 더 함께 살아갔으면 좋겠어. 15살에는 걱정하지말고 행복하고 멋진 삶을 꿈꿔줘. 난 아빠덕분에 좋은 환경에서 자라고 있으니깐 15살에도 지금도 걱정없이 최선을 다해 살아가줘.

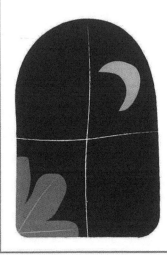

대전경덕중학교

15살의 나의 아빠 에게

아빠 이건 2024년도의 내가 아빠한테 쓰는 편지 야.
나는 2010년도에 태어난 아빠 아들이야. 그리고 현재
신기한 일이 생겼어. 23년도 부터 만 나이가 사라질꺼야
나는 그 세상에서 13살이고 2달 있으면 14살이 돼.
아빠는 어느 세상 속에서 살고 있어? 우리 할아버지는 그때
몇세 셨어? 아빠는 그때도 장난기가 많았어?
어땠어? 아빠 그리고 이건 아빠와 내가 만날수
있는 방법이야. 김천시 라는 곳에 있는 김천대학교에 들어가
그럼 날 2010년에 만날수 있을꺼야. 아빠는 결혼을
하고 거봉을 배 터지게 먹을수도 있고 해. 꼭 성공해서
대전으로 와. 거기에는 내가 있으니까.

2024. 4. 18

대전경덕중학교

15살의 나의 엄마, 아빠 에게

15살 엄마에게 엄마는 지금 좋은 딸 좋은 아들 낳고 잘살고 있어

나는 지금 잘살고 있어 15살 엄마는 힘들어? 나는 힘들어 근데

엄마가 나를 강하게 낳아줘서 난지금 버티고 있어

엄마는 15살때 어땠어 행복했어? 힘들어? 그때에 엄마기분은 몰라도

지금의 엄마는 행복해 보여 15살 아빠에게 그때 아빠는 어떤 삶을 살았

을지 모르겠지만 지금의 아빠는 행복하고 좋은 딸 좋은 아들 낳고 잘살고 있어

15살아빠의 엄마에 지금의 네 아빠 엄마가 데려서 너무 고마워

15살 엄마 15살 아빠 힘들어도 지금의 네 보모님이 데기전까지 참아 지금은

행복하니깐 그리고 엄마 아빠 사랑해 그리고 고맙고 나 지금 너무 엄마의

아빠의 아들이 누나의 동생이 되서 너무 좋아 그럼 사랑해

대전경덕중학교

15살의 나의 행운 에게

　　15살의 나의 부모님은 그 시절모습 우리와 같은 삶을 살았고 여러것을

느끼고 겪어 봤지만 나는 나를 키워주시분들에게 감사함을 느끼고 있어요.

엄마, 아빠, 등 나 때문에 하고싶었던게 많았을텐데 나 때문에

못해보고 그래도 내가 태어나서 행복이 생기신거 같아요. 아닌가?

나는 부모님을 위해 효도를 못한거같아 너무 죄송드리고 싶은데 늦은거 같다

말도 못하고 있었네. 우리 부모님 잘생긴 모습 예쁘신 모습 많이

못봐서 아쉽다. 엄마,아빠 15살 때도 노래를 좋아 했을거고 뛰어노는것도

좋아 했을텐데 그 모습 너무나 그리울꺼 같아. 수업시간에 장난치는걸

좋아하셨을거 같다. 그 시절 그 모습은 때로는 자주 그립고 힘들어 탤때가

있어요. 아빠, 엄마 친구들하고 자주 장난쳐서 혼나본적 있지?

공부도 힘들었겠다. 엄마,아빠는 좋은사람과 좋은 부모가 되려고 노력했겠지

그 노력으로 못해본게 많았을거 같지만 더더욱 행복한 순간 행운이

　　　　　　　찾아왔잖아요 내가 찾아왔잖아요 부모님 곁으로

이 행운이 많이 울고 웃고 때론 힘들었겠지

나는 부모님처럼 열심히 착한사람이 되려고 노력하겠습니다.

항상 사랑하고 고맙습니다.

대전경덕중학교

104

15살의 나의 엄마 에게

엄마 그 시대에는 할게 없어
보여 나는 미래의 엄마의 막내야. 나는
15살이지만 지금 시대에는 없는게 없어.
엄마는 뭐 하고 살면서 지냈는지 궁금하지만
그래도 먼지게 살아와서 지금에 내 엄마가
된거니 나는 너무 좋아. 엄마가 내 엄마라는
게. 엄마는 그 시절에 많이 흔났을게 같아.
매일 나를 흘뻐끼까 그래도 엄마는 나한테서
제일 먼저 지금은 과학이 발전돼서 전기 자동차
도 생겼어 우리나라 사람들 대부분 친환경의
봉심히 참여해. 사람들 때문에 지구 온난화까 심해서
세상이 바뀌고 있어. 세상은 아이들이 바꾸니까 우리가

희망이지 그러니까 잔소리만
하지 마

- 엄마 마들이 -

대전경덕중학교

15살의 나의 아빠 에게

안녕? 15살 때의 우리 아빠! 지금은 2024년이고 아빠는 우리
가족들을 위해 열심히 일하고 이써! 만약 지금 아빠의 모습
과 아빠가 상상하는 지금의 모습이 달라도 실망하지마.
나는 우리 아빠가 내 아빠라 so happy 해. 미래에 내가 항상
속 썩이고, 사랑한다고 못해서 미안해요 아니 근데 진짜 내가
누굴 닮았는지 모르지만 말을 하려고 하면 오글거려서 못하겠어;;
그치만 뭐 마음에는 잘 전해졌다고 생각할께요. 내가 항상
사랑하고, 고마워하고 있다는 것을. 아니 근데 나는 진짜 약과임.
나보다 울 동생이 진짜 힘들겨임... 화이팅! ☺ 아, 맞다! 나 지금
시험기간인디 아빠도 시험기간이 겠지? 아빠는 공부 잘했어?
나는 그닥인거같아(근데 머리도 유전이래...ㅋ) 암튼 지금 엄마
는 아빠가 매달려서 결혼하거니까 지금보다 잘해주고, 담배
좀 그만 피고! 알겠지? 그럼 빠빠이 ～

대전경덕중학교

106

15살의 나의 엄마 에게

엄마 안녕 나는 엄마의 15살을 쏙 빼닮은 엄마 딸이야. 엄마 엄마가 나한테 잔소리할때 항상 엄마가 너때는 혼자 밥도 챙겨먹고 빨래도 하고 설겆이도 혼자하고 그랬다 하는데 지금보면 나랑 좀 비슷한것 같아 엄마 친구들이 나 보면 항상 엄마 어릴대 업그레이드 버전이라고 하는데, 엄마 어릴때가 너무 궁금해.

엄마 15살 때는 어때? 작은 이모랑 큰 이모는 잘 있어? 할머니가 작은 이모만 챙겨준다며 그래도 엄마는 스스로 잘 컸어 참 참된 우리엄마. 엄마 몇년 뒤면 우리 아빠 만나겠다. 아빠 만나면 잘 챙겨줘. 엄마가 내 엄마라서 너무 좋고 고마워. 그리고 오빠 태어나면 오빠도 잘 챙겨주고 많이 이뻐 해줘. 그리고 나랑 오빠 키울때 하고 싶은거

실컷 하게해줘. 엄마 하고 싶은거

실컷 하다가 결혼하고 오빠랑 나 낳아.

사랑해 엄마. 나랑 오빠 낳아줘서 고마워

대전 경덕중학교

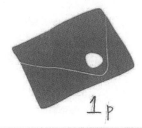

1p

107

15살의 나의 아빠, 에게
오빠

아빠 안녕 나는 은근 아빠 닮은 15살의 아빠 딸이야

아빠의 15살은 어때? 아빠의 15살은 한번도 들은 적이 없어서

너무 궁금해 아빠 여자친구 있어? 아빠 미래 와이프는 있을것같은데~

아빠도 있을거라고 생각할게. 아빠 엄마가 고백 안받아줘도

계속 해야해. 우리 엄마 은근 어려운 여자야. 화이팅 해!!

그리고 우리 엄마 계속 사랑해줘~ 아빠, 아빠가 내 아빠라서 좋고

고마워 우리 가족 위해 힘 써줘서 고맙고 사랑해.

오빠 안녕 나 오빠 동생이야. 오빠의 15살은 어땠어?

4년 전인데 기억이 안나네. 오빠 그때 게임 잘했던것같은데

아마도? 오빠 난 오빠가 뭘 하든 응원해 오빠도 다

생각이 있겠지? 오빠 하고싶은건 젊을때 해야한다고 했어.

오빠 생각해보니까 오빠 15살때 운동도 열심히 했던것 같아.

오빠 난 오빠가 내 오빠로 태어나서

너무 고맙고 좋아. 앞으로 더 좋은

동생이 될게 사랑해.

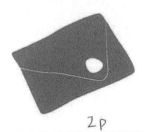

대전경덕중학교

2p

15살의 나의 언니 에게

안녕 언니 언니가 나를 거의 돌봐주고 놀아주고 그랬잖아 난 언니한테
너무 고마운 것같아 언니가 항상 용돈도 주고 하고싶은것도 다 시켜주고 원하는걸
다 시켜주잖아 나는 언니한테 해주는것도 없는데 언니가 노력해줄
것 같아 내가 항상 태도 이상하고 그러는데 차근차근 알려주잖아 난 언니가
15살이되면 나도 동갑이라고 치면 언니랑 베프가되서 항상 놀고 고민도 풀고싶고
그래 15살때의 언니는 친구들도 많고 인기가 많겠지! 무슨일때문에 힘들어하지
않으면 좋겠어 그때 15살이면 시험도 보고 성적은 높게 나오겠지? 언니는
항상 안꼬 노력하는것같은 모습이 진짜로 무서워 15살때로 돌아가면 언니가
안 아팠으면 좋겠어 그래서 하고싶은 유치원 선생님도 하면좋겠어 언니도
15살때 수업듣기 싫었어? 시험 공부는 집중.. 잘했어? 2024년은 언니가
제일 행복해보이고 연애도 잘되가고 일 스트레스도 없고 다시 또 말하지만
언니는 누구보다 이쁘고 연애도 잘되가는 남들 부러울것 없는 사람

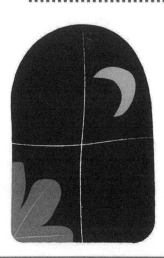

인것같아 남들이 언니한테 나쁜짓을 해도
만약에 언니는 차근차근 대우 할것같아 언니가
15살이고 내가 성인이면 언니를 낳고 이쁘게 키우고싶어

대전경덕중학교1

15살의 나의 언니 에게

언니를 생각하면 나의 롤모델은 언니인것 같아 2024년에 언니가

나한테 고민들도 말해달라고했잖아 언니란테도 말하고싶지만 용기가 안나고

그러는 것같아 언니가 15살이였으면 모든 고민을 다 말할수있는 고민

메이트가 될수있겠지? 내가 만약에 15살이된 언니를 모면 하고싶은건

다 시켜주고싶어 언니가 나 이상한곳로 안가게 해주는 것 같아 언니가

왜 자꾸 따라해냐고하지 언니가 너무좋고 따라할정도로 이쁘고 그렇잖아

언니가 난 너무 좋을것 같아 15살때 같이 돌아가서 베프가되서 항상

웃고 울고 같이 죽고싶어 언니가 초등학교때 날 너무 잘 돌봐주고

잘 키워져서 고마워 언니 이직 결혼은 안했지만 내 생각으로는

언니 현 남친이랑 결혼까지 가면 좋겠어 언니가 제일 행복해할때는 가족,

연인 이랑 노는게 제일 편안해보이고 언니 친구들이랑 놀때 고민오 물고

그러잖아 만약에 같이고민 그게 나였으면 좋겠어 언니가 제일

믿는 사람이 나면 좋겠어 그리고 15살~때의 언니가

지금 처럼 빛나고 낭우리울거없는 사람으로

남고 있을것같아 하지만 지금의 언니가 빛

더나고 있어

대전경덕중학교2

15살의 나의 언니 에게

언니 언니가 부족한거 있다고 생각하지? 근데 내가 보는 언니는 진짜로

이쁘고 착하고 그래 언니 힘든일은 없지? 너무 고마워 언니가

내 언니가 되어주어서 항상 내 편이되어줘서 너무 고맙고 좋아

언니 날 키워 줄려 노력해줘서 고마워 항상 나도 노력하고

있어 언니 힘내고 사랑

대전경덕중학교3

15살의 나의 집과 같은 분에게

나에게 따뜻한 안식처가 되어주는 분들 항상 나에게 꾸중을 하시는 걸

보니 그 분들도 내 나이 때 꾸중 좀 많이 들어 보셨나 보네요 ㅎㅎ 제가 이런

꾸중을 안 좋게만 듣지는 않아요 가끔은 그 분들도 따뜻한 사랑으로

답해 주시기 싫어서 하는 말이 아니라는걸 알아서 미워 할래야 할 수가 없어요

저는 이 나이에 말썽, 사고도 많이 쳤는데 이런 유전자는 그 분들에게서

나온 거 겠죠 ㅋㅋ 근데 그거 아세요? 커서는 멋진 저의 안식처가 되어

주시는 걸 너무 속만 썩여서 죄송하고 감사하네요 안 그래요 마음이

여리신 분들인데 살아가며 인생에서 만남도 이별도 있었을 텐데

모든 걸 어린 나이에 견디고 저의 보호가 안식처가 되어 주셔 감사해요

그리고 저의 삶 곧 인생을 이해 못하시는 거 저도 이해할 수 있어요

저희는 살아가던 시대가 다르잖아요~ 무작정 이해 못한다고 뭐라

하시지 말고 먼저 공감을 해주면 자식들도 먼저 마음을 열어

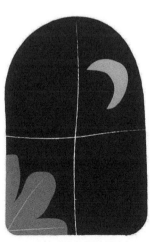

줄거에요 커서는 제가 호강 시켜 드릴 테니

지금은 절 잘 케어 해주세요~ 짧고르

긴 글 읽어 주셔서 감사해요 사랑해요

대전경덕중학교

15살의 나의 너무나 차갑지만 너무나 따뜻한 부모님께 에게

나는 지금 아무 노력 없이 모든걸 잘하고 싶어하는데 부모님은 그렇지 않았던거 같다. 좋은 고등학교, 좋은 대학교를 가기 위해 아무리 힘들고 아프더라도 포기란걸 모르셨으니까. 부모님은 대학교를 졸업 하고나서도 끝없이 노력 하셨다. 그렇게 노력하신 부모님은 원하는 직업에 취직 하셨고 사랑하는 사람과 결혼까지 하셨다. 근데 나와 같은 17살 일때는 부모님도 그 어느 때 보다 힘드셨을 것 같다. 왜냐면 살면서 힘든 시기가 처음 찾아오는 시기는 중학교 2학이라고 하셨기 때문이다. 나는 부모님이 15살 때 어떤 기분으로, 마음으로 살았을지 모른다. 하지만 이건 알거 같다. 너무나 아프고 괴롭고 죽고 싶었다는 것 말이다. 그래도 지금 포기하면 앞으로 올 행복을 느끼지 못한다. 나는 행복보다 슬픔이 많더라도 부모님 처럼 끝까지 포기하지 않을 것이다. 행복을 느끼면 어떤 슬픔이어도 다 잊혀지게 돼기 때문이다. 부모님이 15살 때 포기하지 않으셨기에 나를 낳아주신거고 내가 행복이란걸 알 수 있게 된거다. 그러니 끝까지 포기하지 않을 것이다.

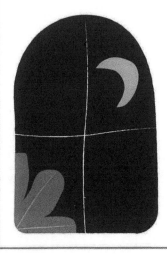

대전경덕중학교

15살의 나의 아빠   에게

아빠 안녕 15살의 아빠는 엄청 장난꾸러기겠지??

아빠가 15살인 모습이 궁금하다. 이루고 싶은 꿈이 뭔지도 궁금해!

공부는 잘하려나?   아빠가 어릴땐 공부 잘했다고

했던거 같은데 진짜 잘하는지 궁금하다.

아빠 그땐 뭔 노래를 좋아했어? 지금이랑 비슷하려나?!

아빠   힘든 일는 없지? 있으면 화이팅!! 항상 많이 사랑해!

대전경덕중학교

15살의 나의 엄마 에게

엄마는 항상 어른이였단 생각이 엄마 어렸을떤 생각도 못해봤어. 오늘을 계기로 엄마가

어렸을때 어떻게 보냈는지 생각을 해보게되해. 내가 봤을때 엄마는 꼼꼼하고 계획

지키는걸 좋아하는 걸 봤을때 공부도 잘했을것같고 시험기간때 공부 계획 짠거도 잘

지켰을것 같아 엄마도 나처럼 내 나이에는 미래에 엄마가 어떻게 됫지 모르고 놀고, 시험

기간되면 시험공부하고 그랬겠지? 그게 아니라면 뭐 미래에 대해 생각 했을 수도 있고

근데 갑자기 떠오른건데 엄마는 학교 생활 엄청 재밌게 보냈을것 같아. 나는 진짜 재밌게

하고 있는데 지금의 엄마는 재밌게 지내고 있을꺼고 나는 항상 엄마가 재밌고 행복하게

보냈으면 좋겠어 그리고 지금 말고도 미래에도 그랬으면 좋겠다. 미래에는 내가 어른되서

엄마 호강 시켜주고 항상 재밌고 행복하게 해줄게 항상 고맙고 사랑해

대전경덕중학교

15살의 나의 부모님 에게

우리 엄마 아빠 에게 엄마 엄마는 15살에
행복하게 생활했어? 아빠도 행복하게 생활 했으면 좋았을텐데
근데 엄마 나는 엄마가 부럽다 우리 아빠 같은 사람
만나서, 행복하게만 살았으면 한데 서로맞지않는 부분이
있으니 싸울수도 있고 다툴수도 있다고 생각해 그리고
엄마에게 하는말인데 내가 태어나기 전에 엄마 아버지가
돌아가셔 나는잘 모르지만 엄마는 그 얘기가 나오면 엄청나게
속상해 했잖아 그런 엄마를보면 나도 힘들어 엄마 아버지
그니깐 나의 외할아버지 나는 외할아버지를 보건 않았지만
할아버지는 너무 좋은분 같아서 내가더 슬픈것 같아 엄마 더이상 슬프지
말고 웃으면서 행복하게 살자 그리고 아빠 아빠도 어린나이에
형을 잃어 엄청나게 슬프겠지 사이도 엄청 좋았다 했는데

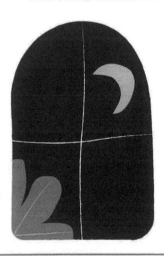

내가 아빠를 위해서 동생에게 더좋은
형이 되어 볼게 나를 키워주신 우리부모님
좋은 일만 있으면서 행복하게 살자 안녕!

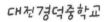
대전경덕중학교

116

15살의 나의 엄마 에게

안녕 난 15살의 아들이야 난 지금
공부를 늦게 시작한것 같아서 열심히 하려고
노력중이야 엄마는 놀고 있겠지 난 다음에
무조건 펑타치는 대학교에 가서 좋은곳 취직해서
엄마 꼭 편하게 해줄거야 걱정마 그리고 내가
공부 못한다고 운동 한다고 할때 엄마 늦었다고
했지만 난 진짜 그때시작했으면 난 더 행복했
을것같아 엄마는 나중에 더 힘들어져
안녕

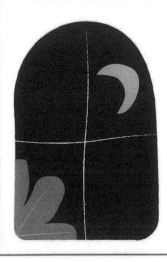

대전경덕중학교

117

15살의 나의 엄마, 아빠 에게

안녕 엄마, 아빠 나는 미래의 엄마, 아빠 셋째 딸이야. 일단 엄마부터

쓸게. 엄마 내가 막 말 안듣고 내 멋데로 행동하고 걱정하게

해서 죄송해요 그럴려고 그런건 아니였는데 정말 죄송해요.

고쳐볼려고 노력 많이 했는데 쉽게 고쳐지가 않아서 앞으로도

고쳐볼려고 노력할게 아 그리고 엄마 나 발목 약 하다고 자꾸

운동 못하게 하지 말아줘 운동은 내가 제일 좋아하는 거야 내가

좋아하는 걸 못하게 하면 나는 내 인생에서 재미를 못느끼잖아

그니깐 운동 계속 할수 있게 해줘 엄마 나 낳아줘서 고맙고 사랑해♡

이제 아빠한테 쓸게 아빠 내가 맨날 집에 늦게 들어오고 계속

핸드폰만 보고 싸가지없게 행동하고 말하고 멋데로 행동해서 죄송해요

다신 안그러고 싶은데 친구들이랑 노는게 재밌어서 시간 안보고 계속 놀다보니

자꾸 집에 늦게 들어가는 것 같아요 다음부터는 시간 잘 보며 놀게요

아빠 저 계속 운동하게 해주세요 아빠

항상 죄송하고 사랑해요 그럼 안녕히 계세요

대전경덕중학교

15살의 나의 부모님 에게

엄마, 아빠 안녕! 엄마, 아빠가 15살이 였을때는
어땠을까? 학업에 대한 고민이 있였을까?
너무 걱정하지마 학업 걱정은 하지 않아도 돼
다 잘될거야. 그리고 또 어른이 되면 나를
낳게 될거야. 나를 낳게 되면 재믻는 일이 많이
생길거야. 우리끼리 여행도 가게 되고 또
내가 14살이 되면 제주도도 가게 될거야.
하지만 슬픈 일도 생길거야 내가 12살때는
엄마의 소중한 사람이 천국에 가게 되거든.
그래도 걱정마. 그 사람은 엄마가 태어날때부터
내가 15살이 된 지금 까지도 어디서나 엄마를
바라보고 있을거야. 또 있어. 내 말 좀들어.
비트코인이란걸 한 번 사봐.
좋은 일이 생길지도 모르잖아?
미래를 믿고 한번 사봐.

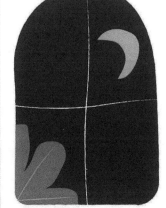

대전경덕중학교
1/2

119

15살의 나의 부모님 에게

아 그리고 내가 3살이 될 때 열이 엄청 올라갈 때가 있을거야. 그래도 걱정하진 마 그 때 별일이 없으니 지금 이 글을 쓰고 있으니까. 어쨌든 15살의 나의 부모님들 너무 미래에 대해 걱정하지마. 미래에는 나같은 아들과 재밌게 잘 살고 있어. 근데 갑자기 궁금해졌어! 15살의 엄마는 그 때도 장난꾸러기 였어? 이것 만큼은 꼭 알아내고 싶다. 또 있어. 과연 미래에 내 자식이 생긴다면 내 자식들은 이 글을 보게 될까? 어쨌든 이상으로 편지를 마칠게. 미래에는 모든 게 잘 되니까 걱정하지말고 편하게 살아. 그럼 안녕!

대전경덕중학교
2/2

120

15살의 나의 엄마 에게

엄마 안녕 난 미래의 15살의 엄마 딸 이야 엄마는

공부에 대한 걱정이 너무 많을것 같아 엄마 15살에는 좀 놀고

16살 부터 공부를 열심히 해도 괜찮지 않을까? 엄마의 가족들

에게 최대한 잘해줘 공부걱정 너무 적게말고 나중에 열심히 해도 되

어른 되서 충분히 놀다가 늦게 결혼해도 좋을것 같아 걱정하지말고 놀아

동생한테도 잘 해주고 나는 충분히 잘컸으니까 걱정하지말고 친구들이랑

많이 놀아 나는 지금 걱정이 너무 많지만 엄마는 아무걱정도

안하면 좋겠어 ♡ 지금엄마는 나의 가장 소중한 존재인걸 잊지 않았으면

좋겠어 그리고 주식도 좀 사놓고 난 지금 엄마가 15살 이였을 때가

너무 궁금해! 엄마는 친구들과는 잘 지냈을까? 엄마 너무

고맙고 나 낳아줘서 고마워 사랑하고 나 키워줘서 고마워

사랑해 ♡

대전경덕중학교

15살의 나의 엄마 에게

엄마! 저는 엄마가 미래에 결혼해서 낳을 딸이에요!!

저는 지금 엄청 즐거워요!! 공부하는 건 힘들지만 친구들 하고 같이 공부하면

재밌고 친구들이랑 게임하는 것도 재밌어요. 절 낳으셔서 제가 초등학생

5학년이 되면 수학 학원에 보내주세요. 그 때 수학이 정말 힘들고 스트레스를

많이 받았거든요.. 영어학원도 보내주세요! 지금 영어가 너무 어려워서 뇌가

터질 것 같거든요.. 중학생이 되면 컴퓨터를 꼭!!!! 사주세요 !!!!

그 때 컴퓨터로 게임을 많이 해도 공부는 열심히 할테니까 조금 봐주세요:ㅇ?

그리고 초등학교 3학년 때 쯤 제가 로블록스에 현질을 하게 되는데 그것 좀

막아주세요ㅠ. 지금 완전 후회중이에요.. 그리고 2020년에 코로나19 바이러스

라는 게 터지는데 그 때 별 거 아니라고 무시하지 말고 마스크 꼭 쓰세요ㅠㅠ

코로나 완전 힘들어요ㅠ 그럼 전 가볼게요! 엄마 사랑해요!!

- 엄마의 15살의 딸 드림

대전경덕중학교

15살의 나의 6학년 선생님 에게

안녕하세요 선생님 저는 선생님이 가르쳐주신 선생님의
학생입니다. 저는 선생님덕분에 많이 철들고 많은
친구들과 행복하게지내고 있습니다. 선생님 항상
저를 믿어주고 도와줘서 정말고맙습니다. 선생님 장래희망이
선생님 현지는 모르겠지만 선생님은 선생님에게
딱 맞는 직업인것 같아요. 늘 감사합니다.

대전경덕중학교

15살의 나의 엄마 에게

15살의 엄마, 지금 내가 살고 있는 년도는 2024년이야 또 3년정도? 지난

거리 먼듯한 시간이지? 그동안 엄마는 중학교를 졸업하고 고등학교를 졸업하고

대학교도 졸업하고 회사도 졸업하고 가정살림은 아직 졸업 안했지만 아무튼

많은 일이 있을거야 그 과정을 거치며 포기하고 싶고 힘들때도 수도없이

찾아올거야 하지만 엄마는 이겨낼수있어 왜냐하면 우리엄마 니까

엄마는 슈퍼 울트라 캡짱 우먼 이니까 다 해낼수있어 이런말하면 좀 쑥쓰럼

긴 마리만 지금은 나의 친누나가 혼자디말게 15살의 엄마 사랑해 ♡♡(아빠도)

그리고 지금내가 얘기할수있을 것같아 30년뒤에 15살이 된 엄마의 아들이 매일

아침 일어나기 싫어하고 특정 무리는거 진심 절대 절대걸대 아냐

지금 내가 사춘기가 와서 그래, 그러니 좀 부드럽게 빤나 주길 기원할께

그리고 ~~30년뒤에~~ 엄마 내가 모겨빈 살 15엾고 다 완벽한 여자야 그니까

맨날 쓰긍 과걸갑 깎지마 내가 파이팅 몰아넣어 줄게 파이팅!!

내가 나중에 성빈이 되면 이 편지도 봤을지 모르겠

지만 엄마도 건강하게 과라야돼!! 그리고 30년뒤에

고양이도 한 마리 키울거야 마지막으로 ~~도지 코인 좀 사놔야돼!!~~ 미리미리

한강에서 못썼지만 15살의 아빠도 파이팅!!
30년뒤에는 술술대게 혼자가리 받고
나와 같이 가쟈!!

대전경덕중학교

15살의 나의 부모님 에게

나에 부모님에게 편지를 쓰는게 오랜만이네요

지금은 아들이 15살이에요 부모님이랑

같은 나이에요 지금은 세상이 많이 바뀌었어요

지금은 전화기로 얼굴을 보며 할수있고, TV에선

흑백이 아닌 색깔이 있어요. 또 코로나라고

전염병인 마스크 좀 많이사세요 ~~줄뿐~~ ~~1학년때~~ 시험기간

이라 힘들게 공부하고있는데 부모님은 회사만 간다고

뭐라해서 죄송해요 부모님도 겪어봤던데 지금은

정말 죄송해요 이제는 공부 열심히 해서 효도 ~~해드~~

해드릴게요.

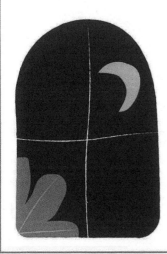

대전경덕중학교

15살의 나의 부모님에게

엄마 아빠가 이 글을 보면 그냥 잊어줬으면 좋겠어. 왜 나면 난 미래에 아들인데 지금이 너무 행복해 그니까 이 글은 그냥 잊고 각자 인생 살아서 나를 다시 낳아줬으면 좋겠어 엄마는 꼭 이 글을 잊었으면 좋겠어 아빠는 군대에서 할아버지가 돌아가시니까 꼭 그 전까지 잘해드려 아빠는 커서 엄청난 일들을 하니까 꼭 다치지 말고 어른 되서 날 낳아줘 엄마 아빠는 많이 싸우지만 누구보다 서로 사랑하는거 아니까 꼭 결혼해줘 그리고 내가 태어나면 잘 키워주면 돼.

마지막으로 이 글을 꼭 기억 속에서 지우고 인생산다 똑같이 날 사랑 해줘.

언제나 미안하고
사랑해요

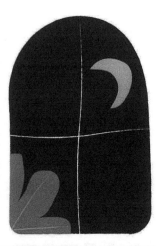

대전경덕중학교

126

15살의 나의 엄마아빠 에게

엄마 아빠 안녕? 나는 15살인 엄마 아빠의 아들이야

엄마아빠도 15살이지? 엄마 아빠의 지금 생활은 어때?

아빠는 항상 공부를 잘하니까 모두에게 사랑 받고 있을 거라고 믿어 엄마도

아빠처럼 항상 누군가에게 존경 받고 있을 꺼라고 믿어 2024년 15살인

엄마 아빠의 아들은 학교에서 친구들도 많이 사귀고 건강하게 잘지내고 있어

그리고 내가 중학교에 들어오고 나서 엄마아빠에게 투정도 많이 부리고 반항도

많이 하게될꺼야 하지만 걱정하지마 엄마아빠의 아들은 항상 엄마와 아빠를

존경하고 사랑하거든 그러니까 엄마아빠 내가 엄마 아빠에게 대들어도

너무 속상해 하지는마 엄마아빠 지금동안 나를 올바른길로 갈수있게 키워줘서

고맙고 건강하게 자랄수있게 키워줘서 고마워 엄마 아빠 사랑해.

대전경덕중학교

127

15살의 나의 아빠에게

아빠의 15살 아들이야. 나중에도 원 나쁘지 않게 살거야.

엄마하고 가끔 싸워도 금방 화해해서 좋아.

아빠도 20대에 엄마를 만나 연애를 하다 결혼을 하겠지.

의견이 안맞아도 싸우진말고 제발.

내가 학교에 가서 싸워도 걱정하지 말고 내가 집에 늦게 들어와도

그냥 놀고온거야. 담배 피지마.

─아들─

대전경덕중학교

128

15살의 나의 아빠 에게

아빠 난 아빠의 15살 아들이야, 아빠 지금당장 집가서 비트코인 백만원 안

투자해 주식은 테슬라 풀매수, 안된다면 도지코인 풀매수해줘 그럼 통장에

100억은 꽂혀있겠지 아빠 그리고 원피스 안끝나 내가볼땐 해적왕 될

생각 없어 보여 그니까 원피스 보지마 그리고 이왕 일 할거면 삼성, 구글 이런데 좀

노력봐 나중에 대기업이 되거든 그렇다고 일에만 몰두하지마 몸도 아픈데 일한다고

나가지 말고 건강하게좀 살아 / 아빠 나는 건강하게 살고있어 나는 19세 절차 때문에

비트코인을 못했어 꼭 좀 해줘 아들은 크면서 점점 말도 안듣고 방안에만 들어가서 살텐데

다 이해좀해줘 그래도 나도 노력하고 있어 내가 꼭 효도할게

대전경덕중학교

129

15살의 나의 아빠 에게

아빠 안녕 ~ 아빠의 15살 아들이야 아빠의
15살 아들은 자전거 타는것을 엄청 좋아해 아빠의
아들은 13살 때부터 자전거를 배워서 자전거 사달라고
요구했는데 타지말라고 했잖아 근데 아빠의 15살
아들은 자전거 타는 것을 무척 좋아할거야 무조건
사 줘야 해 꼭 그리고 내가 가끔씩 아빠한테
말싸움 하려 하잖아 그건 내가 나중거라서 그런거 같아
그냥 내가 성장하는 모습이라고 생각하고 넘어가 줘
시간 지나면 나아지겠지 하는 생각으로 넘어가주고
이해해줘 꼭! 믿고 있을게!

대전경덕중학교

130

15살의 나의 아빠 에게

아빠 몇년 만 더 기다려서 플스2 말고 플스
3사 그리고 비트코인 무조권 전재산 다 써서
풀매수 하고 데빌메이크라이는 2 말고 3나 4로
사 꼭 그리고 혹시 길 가다 이재용이라는
사업 꿈꾸는 사람이 있으면 친해져 그리고 우리
교통사고 안나니까 보험 들여놓지 마 그리고
카트라이더 섭종 하니까 절대 현걸하면 안되
그리고 엄마한테 절대 나에게 카프리카를 먹이지
말라 해줘

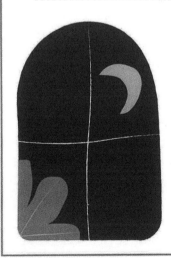

대전경덕중학교

131

15살의 나의   엄마   에게

하고싶은거 하고 살아

엄만 할수 있으니까

뭐든지 배워바도 좋고

자신감 있게 살아

엄만 할수 있으니까

대전경덕중학교

15살의 나의 엄마 에게

안녕? 엄마 곧 엄마배에서 사고뭉치가
태어날거니까 날 믿어주고 위로해주면 난
바꿀수없어 그러니 하루에 한번씩 넌 잘할수있고
성공있어라고 말해주면 난 분명 바뀔거야
엄마 자식은 부모에 거울이야 물론 엄마랑 바랑
시작점이 달라도 분명 난 엄마처럼 훌륭한 어른으로
클거예 말 키우는게 힘들어도 조금만 버텨줘 그리고
엄마는 충분히 잘키우고 있어 그리고 엄만 나랑 싸웠어
엄마한테 내가 잘못했는데 맨날 먼저 사과해주고
챙겨주고 엄마의 자식이라고 해서 맨날 참고 먼저
사과 해줘서 고마워 내가 힘들땐 엄마를 보고 그런
생각을 해 엄마는 얼마나 힘들었을까 난 항상

나만 힘든줄 알았는데 정작 난
그런 것도 짜증내거나 울면 위로해주는
엄마 정말고마워 그리고 정말 미안해

대전경덕중학교

133

15살의 나의 엄마 아빠 에게

엄마 아빠 안녕 난 엄마 아빠의 미래 아들이야 난 지금
중학교 2학년이 되었고 친구들과 잘 지내고 있어
엄마 아빠도 나처럼 친구들하고 잘 지내고 있을거 같다
그리고 엄마 아빠는 아마 적을 한 줄로 올꿈을 꾸고 나를
낳을 거라고 생각 못했을거야. 또 엄마 아빠 15살 때는 어떻게
지냈을 제는 모르지만 지금보다 더 행복하고 즐겁고 걱정없이
살았으면 좋겠어

그리고 지금으로 돌아오면 나를 항상 보살펴주고 내가 어떤
행동을 하던 상관 없이 항상 나의 편으로 해준 엄마 아빠
진짜 고맙고 엄마 아빠 말도 안듣고 나 때문에
엄마 아빠가 힘든 일이 많았던 거 같아 미안해
항상 나의 편이 되어준 엄마 아빠 에게 고맙고 사랑해

15살 아들이 15살 엄마 아빠에게

대전경덕중학교

15살의 나의 엄마 에게

엄마 안녕 나는 15살의 엄마 딸이야.

흠. 무슨말을 해야할지 모르겠는데 일단 엄마는

엄마가 하고싶은 영어선생님을 하고있고 엄마를 사랑해주는

남편을 만나서 행복하게 살고있어. 근데 엄마 내가 말

을 엄청 안들어 ㅋㅋ 그런데도 나를 낳아줄지는 모르겠지만 고민

해봐 엄청 힘들거야 그리고 단독주택에서 살게 될거고,

나는 2010년 5월 4일에 태어나 그리고 내가 7살

때쯤 유기견보호센터에서 강아지 한마리를 데려오게 될거야

비트코인을 사놓으면 어떨까 산다면 더 행복한 삶을 살

게 될거야 아 그리고 미래에는 Y2K가 다시 유행해

그니까 그때 입던 옷 버리지 말고 보관하고 있으면

좋을거야 ㅎㅎ 아 그리고 아빠 이 말을 못했는데

원피스 알잖아? 만화 원피스 근데

거기서 에이스 죽어. 마음의 준비를...

흠... 아무튼 우리가족 사랑행 :)

대전경덕중학교

135

15살의 나의 엄마 에게

난 엄마의 미래 아들이야 엄마는 나중에 커서 딸 아들 둘을 낳아. 엄마가 결혼 하고 행복할줄 알았겠지?

훗재 엄마는 너무 힘들게 사시는거같아요. 엄마는 우리랑같이 놀고싶어하시는데 저희는 만날 피하기만해요

엄마는 지금 빨리 좀 노세요. 하루종일 일만하시 같은데 너무 힘들거같아요. 저희는 말도 안들어요. 정말 죄송해요

어렸을때 아니면 별로 놀지 못해요. 지금이라도 자유롭게 노세요. 전 엄마가 행복 하게 지내는게 정말 좋아요.

너무 공부만 하려고 공부에만 집중하지 마시고 자유롭게 노는게 가장 좋습니다. 전 엄마가 행복한 모습으로

다니시는게 제 소원이에요. 항상 건강하시고 다치지 않게 조심하세요. 사랑해요.

대전경덕중학교

15살의 나의 전부 에게

안녕 엄마 아빠 난 둘의 15살 둘 그때 기름머이스

지금은 서로 모르겠지만 나중엔 소개팅으로 만나서

6개월 사귀고 결혼해 연애할때 누가더 좋아였네 하는데

둘다 똑같이 사랑했으니깐 결혼했을걸지. 만날 공부가 인생의

다가 아니라고 하는데 나 초1 때 부터 학원 다녔어

그래도 이걸 통과돼겠지 맨날 내가 힘들다고 하면 아빠는

6시 반 6시에 학교도착해서 공부 했다는데 나랑이 그게 가능해?

엄마는 공부 한다고 15살 중3부터 기숙사 다니면서 재국들이감

멀리 갔었잖아 나도 그런거 해보고싶어 언제는 힘들걸리안

하고 포기걸 할수밖에없는게 부러워 나도 공부 말고 잘 해보잖어

공부는 내 쩜이 있어야만 나도 잘할수있어 아니면 자리리

내 얼굴처럼 놓고싶어 그래도 항상 고마워 우리 엄빠 행동

라고 항상 래방하면서 일했는데

내가 너무 애기 철안치같 아 그래도

항상 라마해 사랑해♡ 엄마아빠회 자랑스건걸둘그때기름이

항상 사고만치나서 미안하여... ♡

대전경덕중학교

15살의 나의 엄마, 아빠 에게

15살의 나의 엄마, 아빠 안녕? 나는 미래에 엄마, 아빠 딸이야.

엄마, 아빠 둘다 어렸을 때 많은 일이 있었어서 그런가 엄마, 아빠의

어렸을 때 사진을 한번도 보지 못한것같아. 나는 엄마, 아빠의 어렸을 때

모습이 정말 궁금해. 얼마나 나랑 닮았는지도 궁금하고. 지금 15살의

엄마, 아빠는 결혼을 하게된다고 생각을 못했겠지? 엄마, 아빠는 커서

나를 낳게 될거야. 나는 커가면서 엄마, 아빠의 마음을 속상하게 하거나,

화나게 할때가 있을거야. 그때마다 나는 혼이 나면서 말을 듣고만 있을거야.

대답도 안하면서. 근데 그건 내가 엄마와 아빠의 말을 잘 안듣고

있는게 아니라 내가 했던 행동을 다시 한번 되돌아보고 있어서 그런거야.

내가 말을 잘 안듣고 있는게 아니야 그니까 나쁘게 생각하지 말고 내가 반성하고

있다고 생각해줬으면 좋겠어. 내가 한말 잘 기억해줘. 난 이런 일이 없도록

노력할게. 엄마, 아빠 사랑해.

2024년

미래의 엄마, 아빠 딸이드림.

대전경덕중학교

15살의 나의 엄마 에게

엄마 나는 미래의 엄마의 딸이야. 엄마도 15살 때에는 친구들과 함께 놀러다니고

정말 재있게 지내고 싶었지. 그리고 엄마 딸이 나중에 장난치다가 다쳐도 크게 뭐라 하지

않았으면 좋겠다. 꿈꿀 잘 컸으니깐 크게 걱정하지 말아줘. 그리고 나중에 딸한테 잔소리 하지마.

그리고 딸이 괜찮다고 말하면 별 일 없는거니깐. 계속 물어보지 말고 먼저 이야기 하는 때 까지 천

천히 기다려줬으면 좋겠어. 정말 힘든거나 무슨 고민이 있으면 엄마에게 가장 먼저 말할게. 그리고

엄마는 외모가 도네도 너무너무 이뻐니깐 걱정 하지마. 항상 사랑해. 엄마에게 짜증내는거 미안해.

엄마한테 짜증내는거 전부 진정 아니니깐 마음에 담아두지마. 엄마도 15살 때에 할머니한

테 자주 짜증 냈을거니까. 할머니가 잔소리나면 싫어했을 거고 나도 엄마 마음이랑 똑같으니

깐 이해해줬으면 좋겠어. 그리고 마지막으로 나안테 미안하다는 말 하지마. 엄마가 아무리 잔

소리를 많이 해도 난 세상에서 엄마가 제일 좋아. 항상 세계 제일 최고로 사랑해. 난

항상 엄마밖에 없는거 알지? 다시 한 번 정말 사랑해♡

대전경덕중학교

15살의 나의 전부 에게

엄마 아빠 내가 만약 엄마 아빠가 15살인 시대로 간다면 어떨거 같아?

나는 되게 신기할거 같고 조금 부끄러울거 같기도 해.

엄마 아빠가 15살 인 상태로 가면 엄마 아빠가 어떤 반응을 할지 궁금하기도 하고

내가 엄마 아빠의 자식이 된다고 말하면 되게 놀라겠지? 엄마 아빠한테 잘못 한것도

많은데 과거로 가서 그 일들을 말하면 안 믿기겠지.. 그래도 잘 크고 있으니까

걱정은 안해도 돼고 크면서 걱정들이 많은데 지금의 엄마 아빠한테 말하지는

못하겠는데 15살에 엄마 아빠한테는 그 걱정들을 털어 놓을 수 있을거 같아.

그리고 엄마 아빠는 커서 좋은 사람 만나서 결혼하니까 진짜 걱정 안해도 돼.

진짜 나는 잘 크니까 걱정 안해도 돼 진짜 엄마 아빠는 좋은 자식 만나니까

크면서 걱정 하지도 하지마 이렇게 편지 같은 거 쓰는거 오랜만 인데.

지금은 진짜 엄마 아빠한테 미안하고 잘해주고 싶은데 아직 아무것도 못해서

미안한 거 밖에 없는거 같아, 15살에 엄마 아빠는 지금 나랑 비슷하고 다른 고민들이

있을텐데 진짜 그런거 다 필요없고 커서 다 잘될거 니까,

아무 걱정도 하지마 15살에 엄마 아빠는 다 해도되고

걱정,고민도 없어야해! 그러면 나는 커서 좋은 자식이 될 수있게

지금에 엄마 아빠 한테 잘 해야 겠어! ^♡~

대전경덕중학교

15살의 나의 엄마 에게

난 셋째 막내 아들 이야 엄마는 옛날에 지금 내
외 할아버지 없이 힘든 가정 에서 자라지 하
지만 이렇게 좋은 우리 아빠를 만나 행복한
가정을 만들어지 지금에 엄마에 아들은 형
누나랑 강아지 까지 행복하게 살고 있어 내
가 장난 치고 사알다는거 다 사죽고 정말 고마
워 씨 이제 내가 커서 해 인라 는지 다 해줄게
그리고 나중에 아들이 원하느지 있는데
나중에 상줘 그럼 우리 나중에 집에서 봐
사랑해♡

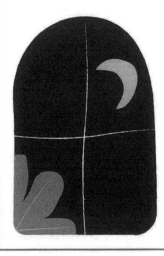

대전경덕중학교

15살의 나의 엄마 에게

엄마 나 누군지 알지? 익명이여도

엄마는 날 알아볼거라고 믿어 ㅋ

지금 엄마가 15살 이였을때를 생각하면

서 이 글을 쓰고 있는데 엄마 졸업

사진 봤는데 엄마랑은 안 사귈듯 ㅋ

아 그리고 엄마 쫌 우유좀 열심히

먹지 쫌 내가 만약 엄마 15살 때로

가면 비트코인 사라고 말했을텐데 ㅋ

아쉽군 엄마 내가 이렇게 말해도

엄마 사랑하는거 알지?

엄마 사랑해

　　　　　　-미래에서 온 의문의 나선환 장인-

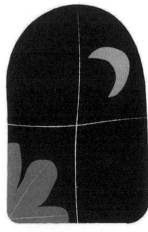

대전경덕중학교

15살의 나의 부모님 에게

엄마, 아빠 전 미래의 엄마, 아빠 딸이에요. 하지만 전 효도도 못할 망청

돈은 맨날 많이 쓰고 말도 안듣고 방도 맨날 더럽게 쓰고.. 엄마, 아빠한테 도움

을 주는 게 없네요 어버이날이나 부모님 생일이나 챙겨드리지 못하고.. 엄마,

아빠는 생일도 맨날 챙겨주시는데 전 해드리지 못해서 너무 미안해요. 제가

어른이 되면 엄마, 아빠는 늙어가겠죠? 엄마, 아빠에게 아무 것도 못해주면

어떡하나 이런 생각을 많이해요 해드리고 싶어도 왠지 용기가 안나네요

이런 딸이라 너무 미안해요.. 항상 죄송해요 가뜩이나 힘드실 텐데 더 힘

들게 해서 죄송해요.. 늘 힘이 되줘야하는데 늘 항상 고맙고, 사랑해

요 꼭 어른이 되면 돈 많이 벌어서 못했던 효도 엄청 많이 해드릴께요 지

금은 학생이라 곁에 있어주는 거 밖에 못해드려서 죄송해요 용돈 받은 걸

로 효도 많이해드릴께요

-미래의 딸 올림-

대전경덕중학교

15살의 나의 엄마 에게

엄마 안녕 나는 2010년 5에 엄마가 낳을 아들이야

엄마 아들이 하나만 말할게 엄마는 나를 낳은 후부터

고생을 많이해 많이 화내고 아플거야 그니까 엄마

15살 어릴때 많이 놀고 아빠랑 많이 놀러 다니고

먹고 싶은거 많이 먹고도 힘들고 괴칠수 있다면 아들을

낳아줘 그럼내가 커서 엄마 옆에서 효강 시켜 줄게

사랑해..... 그리고 미안해.....

아! 그리고 아빠랑 그만좀 싸워 그리고 많이

좋 먹어 안먹으니까 아프지 좋아하는거 많이 먹고

아프지마 아프 면 걱정되니까 엄마 내가 말한거

까먹지 말고 명심해 특히 많이 먹어 알겠지 흥흥

엄마 사랑해~ 안녕 🖐

대전경덕중학교

144

15살의 나의 할머니, 할애비 에게

(엄마 아빠 에게 못써서 미안) 할머니 안녕하세요 저 할머니 손자 에요. 당연한 건데 할머니가 내 나이였을때가 있었다는걸 잊고 지냈네요. 할머니는 딸 둘을 낳을건데 나는 그 딸의 아들이에요. 할머니 지금도 예쁜신데 어렸을때는 더 예쁘셨네요. 할머니는 좋은 남편 만날꺼에요. 물론 손자가 크면 할머니 남편도 조금 아프셔서 할머니가 고생 좀 하실것 같은데! 남편분은 금방 괜찮아지실 거니까. 힘들 생각하지 마시고 힘들어도 하나님 믿으면서 조금만 참아 줘요. 손자가 더 커서 돈 벌면 세상 누구보다 자랑스러운 손자 되게 해줄 거에요. 할머니 애기들에겐 할머니 어렸을때 도움 됬었던것 같은데. 다시는 안 힘들게 할머니 손자가 효도 할거니까 기대해줘요. 솔직히 마음속으로 할머니 한테 아주 가끔 삐졌을때도 있었어요. 누구나 다 사랑해 질 안기 같은데 미안해요. 즉 말에도 자주 찾아 뵙고 잘 할게요. 15살 할머니의 미래를 너무 많이 말할 거 같네요. 그냥 나 안 슬프고 할머니랑 할아버지 안 아프고 오래만 살아줘요. 내가 진짜 TV 나오는 사람들 안부럽게 행복하고 즐겁게 할머니 할아버지 사시게 해드릴테니까요 사랑한다고 제대로 한 번 말 한적없을 것 같아서 죄송해요. 사랑해요 할머니 할아버지, 엄마 아빠도

대전경덕중학교

15살의 나의 엄마 에게

엄마 엄마는 15살때 어땠어? 나 처럼 학교도
가고 친구들과 재밌게 놀았겠지? 나 사실 고민이
있어 저번주에 내가 엄마랑 말로 다툼이
있었잖아 사실 나 요즘 학교 일찍가고 지각도 안하고
수업도 열심히 하거든? 학원 다니기 별로 안됐지만
학원도 다니잖아 근데 내가 요즘 많이 바뀌니까
어딜가든 실수 하나를 하면 나보고 예전이랑 달라진다며
이런말 듣는데 그래도 나 참으면서 이겨냈는데
엄마까지 나 한테까지 그러니까 너무 서울했어
엄마 벌써 아니라고 하겠지만 나 진짜 요즘
예전 다르게 너무 스트레스 받고 힘들어
그러니까 나랑 다툼이 있어도 너무 나 미워 하지 말아줘
난 세상에서 엄마가 제일 좋고
사랑해 항상 고마워

대전경덕중학교

15살의 나의   엄마   에게

엄마 저 누군지 모르죠? ㅎㅎ 엄마는 15살 때 어땠을 지 생각해 보고왔어요!! 지금은 2024년이고 전기차도 있어꾸 그리고 저는 엄마의 15살 딸이에요ㅎㅎ 지금은 엄마를 엄청 도와드리려고 노력하고있어요ㅎㅎ 그리고 지금보면 저는 엄마를 엄청 닮은것같아요 귀여미하는것도 그렇고 많은것도 그렇고.. 엄마 지금은 엄청 이쁘시고 가족들을 사랑해주시고ㅎㅎ 그리고 이때는 제가 너무 죄송하고 어리석은 행동들만 한것같아 죄송하네요 그 때는 너무 애쓰지 마시고 부모님께도 잘 해주세요ㅎㅎ 엄마도 그때는 엄마뿐이 계셨을텐데 또 언제 어느새 저희 가족곁에서 엄마가 되셨네요 엄마는 처음에 엄마가 외셨을 때 어떤 생각을 가지셨을까 상상이 안 가네요..ㅎㅎ 이거 쓰니까 엄마보고 싶다. 15살에 엄마는 뭐 하고 계셔요? 항상 행복하시면 좋을것같아요ㅎㅎ 지금은 뒷일 생각하시지 마시고 사세요!! 우리 언제나 함께 꼭 건강하게 오래오래

살아요♡♡ 사랑해요♡♡♡

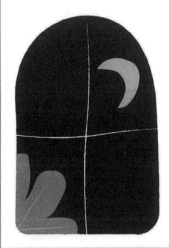

대전경덕중학교

147

15살의 나의 부모님 에게

일단 2010년에 나 같은 딸을 낳을텐데 고생 좀 할 거야

사춘기도 와서 가뜩이나 키우기 힘든데 더 힘들 거야

그래서 그런가 표현하기가 서툴고 잘못하니까

이해 좀 해 줘 그래도 친구들이랑은 친하니까 걱정 마시고

2010년 내가 태어나기만을 기다려 모든 사람들에게

자랑할 수 있는 딸이 되도록 노력할게 그리고 미리 말 하자면

나 20살 되자마자 자취 하고 싶어 대학도 다니면서

알바도 하고 운전면허도 따서 운전해 보고 싶어

그리고 대학 졸업 하고 취업 해서 돈 많이 모아서 땅을 사고

그 땅에 내 집을 지을거야 아무튼 미안하고 사랑해

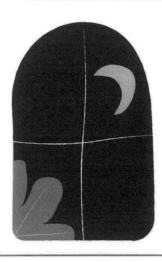

대전경덕중학교

15살의 나의 엄마 에게

엄마, 안녕?

15살의 엄마는 나랑 다를게 없네? 똑같이 공부를 하고, 친구들과

놀기도 하고 되게 재미있는 것 같네. 나중에 엄마는 2010년에

딸 하나를 낳을건데 그 딸은 크면서 꿈을 키워나가고, 마침내

성공할거야. 공부 열심히 안해도 잘 살고 있으니까 공부를 많이

하기 보단 15살 지금의 학창 시절을 즐겨줬으면 해.

사실 학창시절은 돌아오지 않잖아. 그래서 나중에 후회하지

말고 지금 친구들이랑 많이 놀고 어른되면 만날 친구 3명만

이라도 만들어놓고 말이야. 나중에 우리 엄마가 되면 집에만

있지 말고! 친구들이랑 놀러도 다니고 어른이 되어서도

학창 시절 때처럼 재미있게 놀아. 나중에 우리 엄마가 되어

줘서 너무 고맙고 우리 꼭 행복한 모녀가 되자.

지금을 즐겨~! 지금 나를 응원해주는

너처럼 나도 15살의 엄마를 응원해.

나중에 꼭 좋고 서로 아껴주는 친구 같은

사이가 되자~

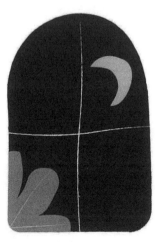

대전경덕중학교

15살의 나의 아버지 에게

아빠 아빠가 어렸을때는 어땠을까 아빠 지금은 정말 듣든한 아빠지만 아빠가 어릴쩍 에는 친구와 놀고 공부도하고 써욱 기도 했겠지 아빠 아빠는 커서 이쁜 여자분 과 결혼해 자식들을 낳을거야 아빠 지금은 내가 불효자지만 나중에 내가 커서 성공해서 효자가 될게. 아빠 아빠도 정말 힘들지 아빠 내가 미안해 복모님을 기분안좋게 만든적 도 많지 나도 사춘기를 받을 때도 있지 아빠 미안 해 이걸 쓰고 와는 나는 아빠가 참 대단 하다고 생각해서 공부를 더 열심히 할게 아빠. 아빠 비트코인도 가셔 성공 할수있을꺼야. 엄마 아빠 내가 화낼때도 있지 내가 정말 사랑하는거 알지? 사랑해.

대전경덕중학교

15살의 나의 엄마 에게

엄마, 나는 미래에 엄마가 낳은 아들이야. 비록 믿기지 않겠지만

엄마는 두 아들을 낳고 좋은 사람과 결혼했어.

지금은 우리 가족의 중요한 사람이 되어 있지.

그리고 엄마는 가게 직원으로 열심히 일하고 있어.

엄마는 훌륭했고 중요했어.

엄마, 미래에 나는 행복해, 엄마가 잘해줘서 말이지

엄마, 우리 미래에는 신기한 것들이 많아.

그리고 미래에 엄마와 결혼할 사람에게 잘 해줘.

그 이제 마지막으로 말해줄게.

엄마 사랑해

대전경덕중학교

151

15살의 나의 아빠 에게

아빠, 나는 미래에 아빠의 아들이야, 비록 멀겠지 않겠지만,

미래의 아빠는 두 아들을 가지고 좋은 사람과 결혼했어.

지금은 우리 가족의 훌륭한 가장이 되어 있지,

그리고 아빠는 가게 사장이라는 직업을 가지고 있어,

그 정도로 아빠는 훌륭했어, 그리고 멋졌지.

아빠, 미래에 나는 행복해, 아빠 덕분에 많이지.

그 말해줄게 있어.

미래에 우리는 전기차, 자동주행자동차 처럼 많이 발전했어.

지금은 비록 힘들더라도, 미래에는 편해지고 좋아질꺼야.

그리고 미래에 아빠와 결혼할 사람에게 잘해줘,

그리고 진짜 마지막으로 말해줄게.

아빠 사랑해.

대전경덕중학교

15살의 나의 엄마 에게

안녕? 엄마 나 엄마의 미래 아들. 엄마
2000년대후반에 비트코인이란게
나오거든? 그거 무조건 사야해. 그리고
엄마 건강이 지금 많이 안좋은거 같아.
그러니까, 일도 쉬엄 쉬엄 했으면해.
일도 중요하지만 난 엄마 건강이 제일 중요해.
그리고 내가 사고치고 그럴텐데 엄마가
많이 안슬퍼했으면해, 그리고 제발 아프지
좀 마

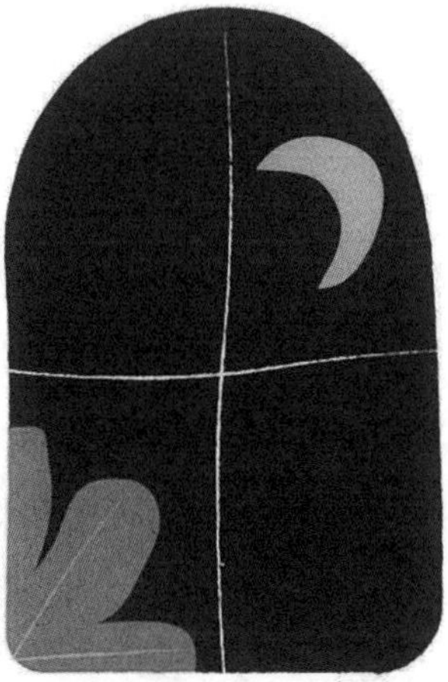

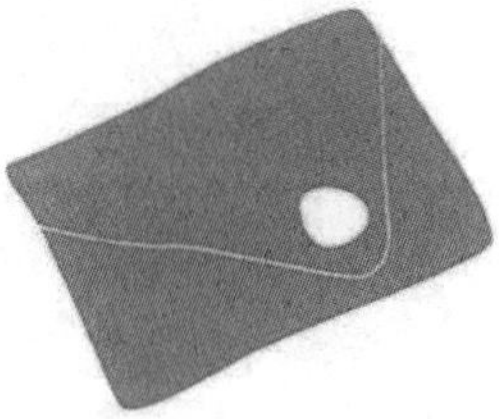

대전경덕중학교

15살의 나의 엄마 에게

엄마 엄마가 20살 때 결혼해서 21살에 딸 한명 낳고 26살 때 또 딸을 낳고 32살 때 또 딸을 낳을거야 ㅎㅎ...
그리고 나서 가족들 행복하게 사니까 너무 걱정하지마
그리고 내가 좀 크면 언니랑 엄청 싸우는데 결코 너무 속상해하지마 그리고 언니가 다른지역 대학교로 가고 나서 셋째랑 둘째랑 맨날 싸우니까 그걸로도 속상해하지 말고 아직은 어리니까 좋을아 시간이 없어서 여기까지만 쓸게 사랑행♡

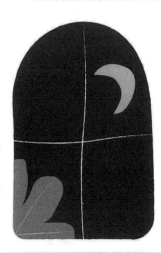

대전경덕중학교

154

15살의 나의 엄마 에게

엄마 나중에 비트코인 올라가니깐 사놔.

근데 엄마는 엄청 꼭받으긴해. 나중에 잘생기고

공부잘하고 운동 잘하는 아들 낳아서. 그리고 내가

미래갔다. 왔는데 고등학교갔다가 서울대 가,

고등학교때 키는 180cm까지 크고.

그리고 엄마는 맨날 주말마다 맥주

먹으면서 TV보는게 취미야. 마지막으로

비트코인 사놔. 그 돈으로 내 자전거랑

차랑 집사자. 이제 가볼게.

대전경덕중학교

155

15살의 나의 엄마 에게

엄마는 결혼 후 2001년 12월 13일 한 아이가 태어나 지금은 중학교 2학년이지

엄마의 15살은 어떻게? 똑같이 나처럼 잔소리 듣고 학교에서는 친구들이랑 놀았지?

엄마의 건강이 너무 걱정돼 내가 1학년때 너무 힘들었거든? 내가 친구들이랑

싸우고 반후 학교를 가기 싫다고 말했지 하지만 나를 위하여 어떤 방법인지

사용했지. 내가 힘들때 엄마는 항상 나의 기분을 풀어주긴 했었지. 1년후

나의 모습은 학교도 잘 다니고 어쩌다는 속을 썩이기도 했지. 물론 나를 키워주려

일을 했는데 엄마는 건강이 채워선에야 엄마가 싫어하는 말 '학교 안갈래' 라는

말을 해서 슬픈걸같아 또 항상 사고치고 할때 엄마의 마음을 알지 못했는데

엄마의 기분을 이제야 알았어 내가 엄마한테 효도를 해야하는데 말성을

피우고 있네... 엄마는 나를 약덕쿼 생각할진 모르겠지만 난 엄마가

이 세상 쫓은 엄마라고 생각해. 그리고 내가 중2영어 왔잖아 최대한

엄마의 마음을 잘 알겠어라 항상 나처럼 속썩이지 않고 건강해!

사랑해!

대전 경덕중학교

156

15살의 나의 엄마 에게

엄마 안녕? 엄마는 15살일 때 어땠어? 여기 2024년

에 사는 나는 잘 살고있어. 학교 생활도 잘 하고 있고

여러 친구들과 두루두루 친하게 잘 지내고 있어. 근데 학교에서

한번씩 일탈행동을 하기도 했어. 혹시 엄마도 15살에 그랬어?

엄마는 흥미도 많고 친구들도 많았으니까 그랬을 것 같아. 엄마가 나중에

커서 2024년이 되면 엄마는 전보다 더 성숙해질거고 안정된

가정에서 잘 살고있을 거야. 엄마의 15살때의 모습이 궁금해.

엄마는 어떻게 살고 무슨 친구들과 어떻게 놀았는지도 궁금해.

나는 지금의 엄마 덕분에 행복하고 사랑받는 가정에서 행복하게 살고있어.

엄마도 어렸을 때 사랑받았기 때문에 그런거겠지?

이 편지를 쓰니까 엄마가 보고싶어지네. 나는 가장 후회될 때는

2020년 내가 4학년 때 축구를 그만둔게 후회가 되는거 같아.

엄마도 그런 기억이 있을까? 그런 시간이

오면 나를 바로 잡아줬으면 좋겠어.

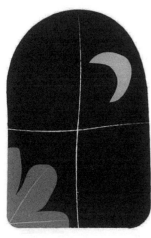

1/2

대전경덕중학교

15살의 나의 엄마 에게

앞으로는 나때문에 눈물 흘리는 일 없게 할게.

그러니까 엄마도 할머니, 할아버지 말씀 잘 듣고 동생들; 너무 많이

괴롭히지 않았으면 좋겠어. 나도 동생이나 형제가 있었으면 좋겠어.

엄마! 지금처럼만 행복하게 잘 살았으면 좋겠어.

시간이 없으니 여기까지만 쓸게. 사랑해!

2024 / 4 / 18 / 엄마에게

2/2

대전경덕중학교

15살의 나의 부모님 에게

엄마, 아빠 안녕하세요? 저는 미래에서 온 엄마, 아빠의 15살 된 딸이에요.

믿기 힘드시겠지만 아무튼 그렇습니다. 엄마, 아빠는 성인이 되어 결혼을 하고

2명의 아들과 1명의 딸이 생길거에요. 제 생각에는 잘 지내는 것 같아요. 안 참 엄마

아빠는 중2 때 뭐 하면서 지내셨나요? 아, 공부는 잘 하는 편이셨나요?

음.. 전 그냥 그럭저럭 잘 지내고 있어요. 공부도 그냥저냥 하는 편이고요 게임만

주구장창 하긴 하는데 걱정하진 마세요. 제가 알아서 잘 딱 깔끔하게 합니다^^.

그리고 제가 좀 크면서 신경질 적으로 굴 때도 있을텐데 너무 속상해하진

마세요. 오빠들이 좀 밉게 굴어도 너무 화내진 마세요

엄마, 아빠 2000년 대? 2010년때 쯤에 비트코인 사두세요. 그리고 2020년에

코로나 19가 전 세계적으로 유행하거든요? 그거 터지기 전에 마스크 사두시고 화이자

에서 코로나 예방접종 약을 만들어요. 그러니까 화이자 주식 사두세요.

화성 갈 끄니까^. 엄마, 아빠 힘든 일도 많겠지만,

힘든 일 뒤에는 꼭 행복한 일이 있을거에요. 제가 항상

응원할게요. 사랑하고 미래에 다시 만나요. 사랑합니다♡

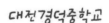

대전경덕중학교

159

15살의 나의 엄마 에게

15살의 나의 엄마에게 안녕 엄마 난 엄마 미래의 딸이야 15살 엄마의

삶은 어떨지 궁금해 엄마는 공부도 잘하고 이쁘니까 아마 인기도 많겠지? 엄마 앞으로

힘든 일이 많을테니까 지금 많이 놀아둬 엄마는 이른 나이에 3명의 아이를 낳게 돼

지금 생각해보면 엄마가 참

힘들었을 것 같은데 내가 울라주고 어릴 땐 땡깡만 부리고 커서도 사고나 치고 다니고

엄마 사정 알면서도 이거 사달라 저거 사달라 해서 미안해 엄마도 힘들텐데 내가

해달라는 거 다 해줘서 고마워 난 엄마한테 해줄게 별로 없는 것 같아 좀 컸다고

친구들이랑만 놀러다니고 엄마는 집에서 일만 시키고 고생시켜서 미안해 돌아 보니까

엄마한테 고맙고 미안한 감정 뿐인 것 같아 내가 앞으로 효도하려고 노력할께 항상

고맙고 사랑해 엄마♡

대전경덕중학교

15살의 나의 아빠 에게

아빠 나는 미래의 아빠 아들이야 아빠 그때도 많이 힘들었지? 어릴때부터 아빠의 아빠인 할아버지가 돌아가셔서 할머니가... 아빠 외 엄마가 많이 고생하셨지... 근래 그 힘든 환경에서도 아빠는 지금 2024년 집도 있고 차도 있고, 가족도 있어!! 참 대단하지 않아?

아빠는 지금도 웃으면서 살고있어! 물론 빛이 좀 있긴 하지만.. ㅎㅎ 근래 말이야 나는 그런 아빠가 참 좋아.. 근래 만약에.. 더 행복해지고 싶라면.. 지금보다 조금만 더 열심히 공부하면 아마 아빠의 삶은 더 행복해지겠지? ㅎㅎ 그리고 아빠... 나는 괜찮은데.. 둘째랑 막내가 조금 말을 안 들어.. 그니까 자식교육 잘 해야 되 알았지? 그리고 공부 열심히 해 알았지?! 그럼 더 큰 미래를 향해 화이링!!

대전경덕중학교

제3장

16살의, 나의 울타리에게

보낸 이

대전경덕중학교 3학년 칼루다니엘, 김건우, 김민섭, 김종훈,
김주혁, 김태현, 김하종, 노준모, 문재원, 박하율, 유승우, 이준호,
김민우, 박진성, 송성윤, 송예준, 신준용, 이동우, 이시한, 전유상,
조재서, 지승준, 강민재, 김도운, 박승호, 박준희, 박태호, 서동하,
손성호, 오재형, 윤수현, 차훈, 최용민, 최준영, 최해준

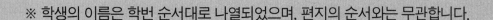

※ 학생의 이름은 학번 순서대로 나열되었으며, 편지의 순서와는 무관합니다.

16살의 나의   엄마   에게

　엄마 안녕? 난　미래의 엄마 아들이야. 우선　항상　믿어주어서 고맙다고　말하고 싶어.

그리고 항상 미안해. 엄마가 만약 아들을 낳는다면 반항하는 시기가 찾아올거야.

그래도 믿고 지지해주었음 좋겠어. 또 무조건 낳아줘. 난 지금 엄마가 있어서

너무너무 행복해. 아들은 잘 클거니 낳기만 해줘. 엄마 없으면 못 살아.

앞에는 너무 고맙고 미안해서 썼어. 항상 고맙고 사랑해. 어느때나 엄마뿐이야.

16살에 엄만 친구들과 어울리며 놀고 있겠지. 엄마 인생에서는

기회가 3번 이상 찾아온대. 이 기회를 놓치지 말고 잡았으면 좋겠어.

물론 그 기회중 하나는 나를 낳는 것이겠지?2

엄마 아들은 항상 행복하고 앞으로도 쭉 그럴거야. 그러니 엄마도

항상 행복했으면 좋겠어. 엄마가 행복할 수 있다면 난 무엇이든

찬성이야. 그러니 행복해야 돼. 공부 안해도 되니까 항상 건강하고

행복해야 돼. 기왕이면 아직은 없겠지만 주식이라는게 나오면

　　　꼭 하는걸 추천해. 떨어져도 속상해 하지마

언젠간 꼭 오를거야. 이따 집에서 봐 엄마

사랑해. 그리고 고마워. 빠빠이 ~♡

대전경덕중학교

164

16살의 나의 엄마 에게

안녕하세요 저를 미래에 낳으신 엄마. 제 이름을
뭐로 지었나 궁금하네요 아마도 미래 아들은 10대
나이에 사고를 많이 칠거같네요 그래서 집안을 소란스
럽게 했을거에요 왜냐하면 그 친구는 매우 장난꾸러기거든요
학원 다니고서 우울증이 많을거같아요 그 친구 마음 속엔 집니까
는자랑 학원끼고 싶다는 생각한듯 지에요 그치만 가족을 생각
해서라도 공부에 노력할거같아요. 그래도 운동배운다고 할때엔
많이 공감해주세요. 그 친구가 많이 운동에 재능이 있거든요.
박정을 먼저 하시기 말고 그 친구에 재능을 응원해주면 미
래가 밝을지같네요. 그 친구가 많이 힘들제할에지만 성인
이 됐면 그 은혜를 꼭 성공으로 돌아올지같네요.
그리고 이 친구에 형이 있는거 같은데 성격이 정 반대네
요 형은 정직하게 살았네요 그래서 군대를
잘 갔다오고 30대에 취직과 결혼을 했네요.
성공한 집안이에요 아들들을 잘 믿어보네요
꼭 좋은일이 올거에요.

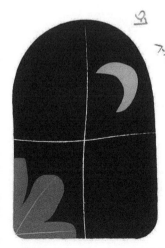

from. 미래에서 온 아들.
대전경덕중학교

165

16살의 나의 엄마 에게

엄마 내가 공부는 비록 못하지만 나는 하나뿐인 엄마의 아들이야 내가 꼭 커서

돈 많이 벌어서 엄마 행복하게 해줄게

대전경덕중학교

166

16살의 나의 엄마 에게

안녕 엄마 나는 2009년에 태어날 엄마의 아들이야. 누나는 2003년에 태어나. 지금은 2024년이고 나는 중학교3학년, 누나는 고등학교 1학년이야. 일단 1997년이 되기 전에 모든 재산을 미화로 바꿔. 1997년 에서 1998년 즈음에 IMF라고 나라가 많이 힘들어질거야. 그리고 2000년이 시작할때 처음 좀만 갚으기 많으니까 안심하고. 그리고 '가상 화폐' 라는게 나올거야. '비트코인' 이라는 지거들? 그거 사놓으면 가치가 오를거야. 그리고 나 낳으면 1학년때 형제승권이나 절약정신 끝은거 길러놓고, 초등학교 2학년때 아들 학교생활 잘 봐줘야돼. 내가~ 대전웅진초에 다닐거든 그때 2학년이 가장 힘들고 슬픈 시기였는데 표현을 잘 못해서 많이 힘들었거든. 그리고 공부하는 습관도 길러놓고, 책도 많이 읽게해. 중학교 1,2학년때 사고를 좀 많이치니까 잘 놔아주고. 나중에 컴퓨터 좀 느절로대가 중학교 입학한때 1개 맞춰주고. 그리고 내 할아버지, 그러니깐 엄마의 아버지가~ 치매에 걸리셔서 가족이 많이 힘드니까, 술도 끊으시라고 해줘! 엄마16살때 많이 힘든 시기였을텐데 잘 버텨줘서 고마워!

대전경덕중학교

167

16살의 나의 엄마 에게

안녕하세요. 저는 당신의 미래 아들입니다. 미래엔 화학이 발전되어서 타임머신을 타고

왔어요 나중에 스마트폰 컴퓨터 등이 출시될텐데 언젠가 주식, 비트코인이 생길겁니다.

주식, 비트코인이 생기면 주식은 테슬라, 삼성등를 사는것이 좋아요.

떨어지더라도 2010년 이상 정도까지 버티면 엄청난 떡상을 볼 거에요. 다음으론

비트코인도 응... 그냥 생기면 사요 나중가면 코인 하나에 천만이 넘어가요.

엄마가 아빠마고 만나서 결혼하면 더욱 폭탄한 삶을 살 수 있을거에요.

그리고 거금의 거돈 핸드폰 콩옥시가 깨진더니까 풀은 화대만 늦게나주거나 제안해보세요.

저 태어나고 얼마 안돼서 창영걸린다도데 잘 케어해주세요.

대전경덕중학교

16살의 나의 엄마 에게

엄마 꿈을 많이 모아서 대학교 들어가서 하고싶은거 다 하면서 살아

대전경덕중학교

16살의 나의 부모같은 선생님 에게

안녕 하세요? 선생님 저는 미래의 엄청나는 만나고 어디에서도 저를 ' 만날거에요

저는 선생님의 자식 같고 그리고 친구 같은 사람 입니다. 처음 에는 헛인승육 안좋게

만났지만 오랫동안 지내면서 친한 사이가 되었습니다 미래 에는 선생님이 저에게

인생고민 있냐면서 까페 에 데려가서 저에 인생고민을 들어 주세요 그러면서 인생

그외 하나 면서 말씀 하셨어요 그리고 선생님은 엄청나게 성공 하세요

엄청나게 착 하고 예쁜 분과 결혼하세요 그리고 정말 감사합니다 저에게 선생님

은 생명의 은인 입니다. 저는 죽고싶을정도로 힘들때 는 싫었어 요, 근데 선생님

을 만나 인생이 엄청 많이 바뀌어요 힘들덩 괴롭던 삶을 선생님의 만남

으로 밝게 면서 행복한 삶을 살아갑니다. 그리고 지금 미래에는 저 는 정말 행복하게

살아 갑니다, 근데 혹시 지금 삶이 힘드시면 이 앞의 위로 가 되면 좋겠습

니다, 아무리 힘들고 괴롭고 슬퍼도 버려세요 그리고 나 자신을 외워하기 말고

응원하고 위로하고 긍정적으로 살아가려고 노력 하세요. 그럼 그 생각 했던

나 자신 에게 한말을 다른 사람에게도 전해져서

그사람도 행복을 찾게 됩니다 그러니 힘내세요 그리고

저는 항상 선생님을 응원해요 힘내세요!

대전경덕중학교

16살의 나의 부모님   에게

부모님께 나중에 멋진부모가되니 걱정마시고 젊으실때 하고싶은게 다하세요

감사해요

대전경덕중학교

16살의 나의　엄마,　에게

엄마, 나는 미래 엄마의 아들이야.

후회하지 않을만큼 공부 열심히해서 꼭 좋은대학 들어가

그후에 좋은 직업 갖으면 힘들어도 포기하지 않고 계속 다녀

열심히 해서 돈도 많이벌고 아주 멋지고 좋은 사람이랑 결혼해

결혼은 꼭 신중하게 해. 엄마를 존중해주고 사랑할 것 같은

사람과 해.

대전경덕중학교

172

16살의 나의 엄마 에게

안녕 엄마 나는 엄마의 아들이야. 나는 요즘 학교 시험 때문에

열심히 공부중이야. 엄마는 공부하고 있어? 지금의 엄마는 나에게

공부를 시켜. 나는 지금 엄마에게 별로 할 말이 없어. 왜냐하면 내가

엄마에게 무슨 말을 해서 미래가 바꾸지 않았으면 좋겠어. 나는 지금이 좋거든

엄마 항상 감사해요. 그리고 사랑해요.

대전경덕중학교

16살의 나의 　　　쌤 에게

안녕하세요. 선생님 전 나중에 선생님의 제자가될 사람이에요. 쌤은

선생님이되 대전 경덕중에 오실거에요. 16살에서 크면서 공부 열심히 해.

만약 선생님이 될것이라면 애들한데 잘해주고 친절하고 현명한

선생님이되야 존경받고 좋은 기억이 남는 선생님이 될거야. 민지 쌤은

선생님이될것이에요. 좋은일만 있진 않겠지만, 나쁜 학생도 만나겠지만

하지만 좋은일이 많으실것이에요. 그리고 선생님은 뿌듯하고 존경

받으시는 선생님이 될것이에요

대전경덕중학교

174

16살의 나의 할아버지 에게

안녕하세요.

저는 할아버지가 결혼을 하시고 아들 낳게 되면 첫째 아들
분 낳은 막내 손자라고 합니다.

제가 엄마 배 속에서 나왔을 때는 할아버지를 본적이 없
었던 것같습니다. 지금 제가 16살입니다. 어렸을때도 할아버
지에 아내이신 할머니나, 첫째 아들분의 아내이신 저의 엄마, 할아
버지 둘째 아들분인 저의 작은아빠도 저한테는 말을 하십
니다. 할아버지를 똑 닮았다고 저는 가족들에게 "너는 진짜 할아버지를
닮았다고" 저에게. 어렸을 때 부터 지금까지도 계속 듣고
있습니다. 저는 할아버지를 사진으로 한번 보고, 산소 가서
절하면서 할아버지를 산소를 본 것이 끝입니다. 할아버지 저
는 한번은 꼭 할아버지를 보고 싶습니다. 제발 건강하게 지내세요.

저의 꿈 속에 들어오셔서 저하고 만나줘요
할아버지 사랑하고, 한번 이라도 만나보고 싶어
하는 할아버지 손주가 "할아버지 사랑합니다"
손주올림

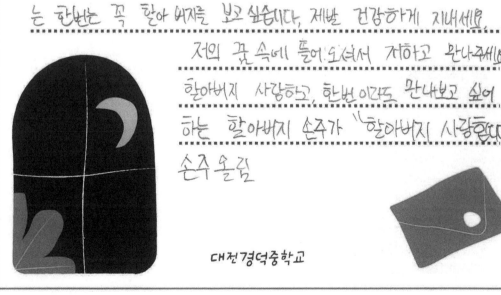

대전경덕중학교

175

16살의 나의 엄마 에게

안녕 나 16살의 ＊＊(이야

일단 클때 젓가락질을 열심히 시켜줘

그리고 아마 악기에 관심이 점점

많아 질거야 피아노로 시작해서

기타하고 색소폰 까지 할거야.

그리고 중2 때 태권도를 선수부로

들어가는데 시기가 진짜 느려

학 초등학교 2~3학년쯤 관심이

생길꺼니까 태권도 끊지 말고

계속 도전하라고 해줘.

열심히 살꺼니까 걱정말고

항상 고맙고 아 그리고

조금 어릴때 리틀야구단

한번 시켜봐 아마

좋아 할거야

대전경덕중학교

176

16살의 나의 엄마 에게

엄마 나는 30년뒤에 엄마의 아들이야 난 엄마가 30년 뒤에 어떻게 되었는지 알아 근데 이것만 아세요 엄마는 좋은 남편 만나서 첫째아들, 둘째아들 다 잘 컸어 그리고 우리집은 잘사는 편인데 더 나는 부유한게 좋아 그니까 공부더 잘해 글고 내가 14살일때 좀 많이 속썩일거야 나때문에 고거 숙일 일도 많을거고 곧이 안써도 돼는 돈도 나갈거야 하지만 그라도 반항은 안할어 금방 전학가서 괜찮아질거야 되돌리수는 없겠지만 1년만 좀 아파해 그 뒤에 적어도 엄마 속썩일 일은 없을거야 엄마가 어떻게 되었는지 궁금하지? 안말해줄거야 30년 뒤에 봐봐. 글고 난 공부가 아니여도 내가 잘하는거 하고 싶은거 할거야 그경 엄마 30년뒤에 봐

대전경덕중학교

16살의 나의 이모 에게

안녕 이모 나는 이모가 도움을 많이 줘서 성장한 사람이야 일단 이모의 16살때는 노력하는 삶, 도와주는 삶을 살았었을것 같아 그리고 지금 16살의 나는 이모 장점을 본배우려고 노력한 삶을 살고있는것 같아 이모가 항상 가르쳐줘 올때 내가 가끔 말썽피울때 조금 이해해줘... 나는 항상 이모를 보면 이모의 모습을 본 받고 싶어 어릴때는 이모 말도 잘듣고 하루도 빼놓지 않고 이모 곁에 있었는데 조금커서 연락도 잘 않 하고 그래서 이모가 서운해 하는것 같아 그래도 지금의 내가 바뀌어서 노력해볼게 나를 항상 응원해준 이모야 항상 사랑하고 내가 말썽 피울때가 제일 후회가 되네.. 이모가 커서는 이해해주면 이모 자신도 상하지 않고 사이좋게 공부도하고 놀이터도가고 그럴것 같아 그리고 마지막 으로는 내가 성인 됬을때를 이모한테 말하고 싶어 내가 성인 됬을때 어디를 가든, 언제이든 이모 생각이 날것 같아 왜냐하면 이렇게 성장할 수 있도록 도와준 인물이 우리 이모 이거든 ㅎㅎ 내가 돈 많이 벌면 이모 한테 효도 많이 할게 나 많이 도와주면서 힘들었겠네 미안해 이모.

미래에 나를 만났을 때는 둘다 화이팅 하면서 사이 좋게 열심히 지내자 이모! 사랑해.

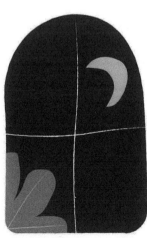

대전경덕중학교

16살의 나의 엄마 에게

안녕 엄마 나 미래 엄마아들이야 엄마 미래에는
좋고 안좋은 일도 있어 그때마다 힘 내고 아프면
빨리 병원 가고 건강 챙겨 살다보면 건강이
최고라고 느끼는 순간이 올꺼야 그리고 엄마아들
이 고집도 세고 성격도 나쁜데 속마음은 그게
아니야 표현을 잘 모르니서 그래 속에는 엄마
를 사랑하는 마음이 있으니깐 기달려줘

대전경덕중학교

179

16살의 나의 엄마 에게

안녕 나는 미래에 16살인 엄마 아들이야 앞으로 엄마에게는
많은 일이 일어날거야 물론 이미 지난일들도 있겠지
기쁜일, 슬픈일, 화나고 억울한 일까지 그러다가 2009년이
되면 아들이 생길거야 처음엔 당황스럽겠지 그리고
키우면서도 기쁘고, 슬프고 많은 감정이 생길거야
그런지 다 지나보니까 마지막엔 항상 웃더라.
그러니까 앞으로 어떤일이 생기든 아무리 속상하고
화나도 그 당시에만 기억하고 마지막에는 꼭
웃고 기쁘게 지내기야 그리고 미래에 일이겠지만
나를 항상 웃으며 살게 해주거서 고마워.

대전경덕중학교

16살의 나의 아빠 에게

안녕 나는 2009년에 키울 아빠 아들이야   나는 요새 시험기간이라서 힘들긴한데

내가 몇개 알려줄게   음... 아마 2019년 그쯤에 코로나라고 전염병이 퍼질거야

그러니까 마스크 잘 쓰고 몸 조심해 그리고 또 나는 그래도 형보다는 키우기 쉬워

형이 중~고등 때 말을 좀 안들으니까 조심해 괜히 장난치다 안싸우게

이제 쓸게없어 아빠는 그냥 그대로 살아 지금이 난 좋으니까

바뀌면 안돼

2024. 4. 23 화요일

자랑스러운 아빠의 아들 올림

대전경덕중학교

16살의 나의 아빠 에게

아빠는 둘나 뿐인 아들을 낳을까아   아빠 그 나이
때 꿈이랑 농밭에서 일 하고 있겠기 힘들게. 되기아
아빠 아들은 믿있는 아빠 아들이되서니 효기가 될게 사항
은 잘 못보겠기 아빠는 날 믿고있다고 생각하는께아 난 그리고
뒤에서 노력 하는 모습을 보여고싶은데... 그리고 광주에 갈고 싶다
갈록까아 근데 아빠는 나랏데문데를 끼나봐서   반대록 해모까아
근데 모전을 막는데 사항 잡보면 사론다듣께가 근데 아빠 한데
노력 는 모습 안보여주고... 그렇같은 되겠게 있는 아들러라 것게
미안데 해면서 난 이밥앉아미서 혼자 울고 있을께아
외나하면 가아빠한테 미안은데 항칭 만으께아... 맘을 지정시고
남 그래도 아빠 뒤에서 노력하는 모습을 보여줄 느오겠
모르겠어... 해른가 않는 아들익께아 아빠 한테

미리 미안 해 그러 날 꼭 낳어록까아
아빠가 꼭믿어 정말 고마윗
아빠 사랑해 ! 530원에게속을부어줘!

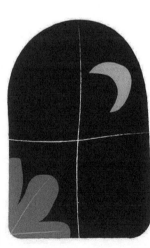

대전경덕중학교

182

16살의 나의 엄마 에게

안녕 나는 엄마가 낳을 아들이야 나는 지금 엄마가
나한테 해주는게 좋아 나의 꿈을 존중해주고 이해해주고
또 나의 취미와 좋아 하는것들을 인정해 주는게 행복해
그러니 바뀌지 말고 이재껏 한대로 나를 사랑 해주고 아껴줘
그리고 내가 태어 나고 난후 엄마안자나씨 외할머니가
돌아가 시는데 너무 슬퍼 하지 말고 지금처럼 행복하게
살면 되니깐 그리고 엄마도 나처럼 사춘기 일때 엄마한테
화 도 냈겠지?

2024. 4. 23 화

대전경덕중학교

16살의 나의 엄마 에게

안녕 엄마 나는 미래의 엄마 아들이야. 엄마가 나를 낳아 줘서 고마워. 지금 나는 공부도 잘 안하고 그러지만 그래도 엄마가 나를 지금까지 믿어주고 키워주셔서 지금까지 올 수 있었어. 앞으로도 계속 나를 믿어주며 키워주면 좋겠어 그럼 안녕.

대전경덕중학교

16살의 나의 부모님 에게

사랑하는 부모님께 2018년도 때 비트코인이라는 가상화폐가 급등하여서 값어치가 오를 거예요. 그리고 2020년도 부터 코로나 바이러스라는 바이러스가 유행할 거예요. 건강 꼭 잘 챙기세요. 그리고 2021년에 코로나 바이러스 백신이 생겼으니 꼭 접종하세요.

2022년에는 제가 드디어 중학생이 됐네요. 이때 부터 공부를 열심히 해야 한다고 조언해주세요. 2023년에는 제가 드론 대회를 나갔어요. 결과는 아쉬웠지만 격려를 해주세요.

그리고 2024년 제가 지난날에 부모님께 편지를 적고 있습니다. 앞으로도 좋은 추억만 있기를 바랄게요.

대전경덕중학교

16살의 나의 아빠 에게

아빠가 아니라 이젠 친구네?? ㅋㅋㅋㅋㅋ

야 친구야 난 나중에 너가 낳은 아들이야 임마

내가 초등학교 때 축구를 배웠는데 재능은 있어 근데 왠지모르게 부끄러웠고

주변시선 때문에 내가 실력발휘 못한거야~ 그러니깐 나중에 너가 힘내라고

자존감좀 높여주고 기를 살려줘 충분히 재능있는 애니까 알았니?

그리고 중1 때부터 엇나가기 시작할거야 그거 바로 잡아줘야된다.

혼내기보단 설득으로 엇나가는것 좀 막아줘 ㅋㅋㅋㅋ 그리고 난 아마

OO OOOO고를 가게될거야 왜냐면 미래의 너가 가라고했거든. 임마 난

OO고가는게 중학교때 소원이였는데... 나중엔 니 아들 OO고보내 알았지?

그리고 사나이답게 행동해 맨날 엄마한테 너무 굽신거리지말구 ㅋㅋㅋㅋㅋㅋㅋ

엄마몰래 하고싶은것들도 해 내가 비밀로 해줄테니까 ㅋㅋㅋㅋㅋ 인제 몇줄안남았네

아 내가 하나만 말할게 축구로 내인생을 안해줄거면 제발 OO고보내줘

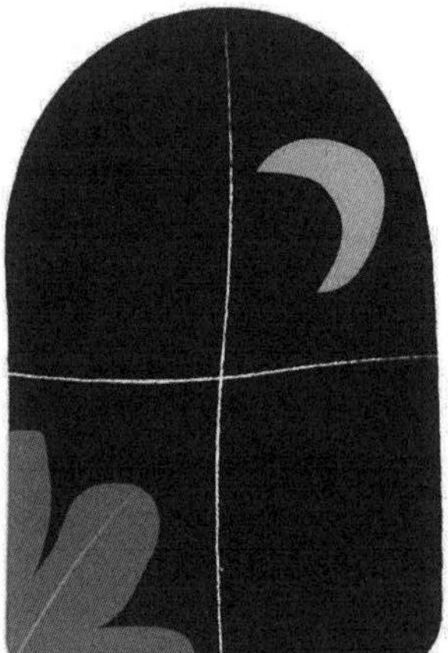

근데 축구를 계속 시켜준다면 중1 때 엇나가는것만 잘

견뎌줘. 노력해서 꼭 축구선수될게! 이렇게 말해도 알거라믿어?

인제 난 간다. 고맙고 사랑한다 내친구 ♡

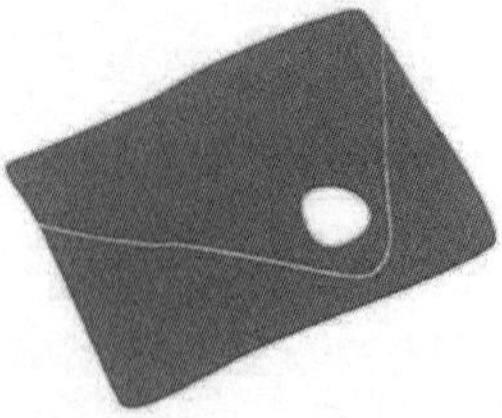

대전경덕중학교

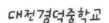

16살의 나의 엄마 에게

안녕 엄마, 나는 미래의 엄마 아들이야, 엄마도 나처럼
즐겁게 지내고 있겠지? 나도 엄마와 아들 사랑을 덕분에
너무 즐겁게 지내고 있어, 그런데 내가 중학생이 되고
나서 학원을 가기 싫다고도 하고 무슨 말만해도 까칠하게
대답 할 거야, 엄마도 많이 속상 했을 것 같아, 그래도
다시 착한 아들로 돌아오니까 그때 까지만 봐줘.
그리고 아까 말 했듯이 지금처럼만 행복하면 좋아.
그러니까 무슨 일이 일어나도 잘 흘려보 내니까 너무
걱정하지 말고, 지금의 엄마도 아들 2명 딸1명으로
평범한 가정을 꾸리고 있어, 상처 받을 때도
있을 것 같지만 행복한 날이 더 많으니까 미래도
걱정 하지 말고, 지금 처럼 잘 따라서 평범하게
생활해줘, 매일 매일이 고마워,
늘 덕분에 행복해, 사랑해 엄마

대전경덕중학교

187

16살의 나의 엄마에게

안녕 엄마 나는 엄마의 미래의 16살
아들이야. 내가 16살 까지 살면서 엄마를
관찰하였을 때 엄마는 언제나 행복하고 밝게
지낼 것 같아서 내 마음이 정말 안심돼!
나도 엄마의 아들인 만큼 성실하고 행복하게
지내고 있어. 물론 엄마 말을 잘 안 들을 때도
있어서 엄마의 마음을 아프게 할 때도 있지만
엄마에게 하나 뿐인 나니까 이해해 주었으면 좋겠어.
아 그리고 엄마의 미래에 대해도 말해 줄게
엄마가 20대 때 피부 샵을 차릴 거야. 근 데 아마도
그 때 쯤에 IMF라고 우리나라 제정이 안 좋아
질 거야. 엄마의 가게는 어떻게 됐는지는 모르겠지만
혹시 모르니 조심 해. 그리고
믿을지는 모르겠지만 2010년 즈음?
그 때 비트코인을 천 원에 사면
2024 년에 1억 원이 돼.
그러니까 살 수 있으면 사는게
좋아. 그럼 난 이쯤 하고
끝낼게. 안녕! 사랑해♡

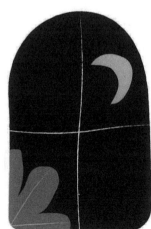

대전경덕중학교

188

16살의 나의 엄마 에게

안녕 엄마? 나는 엄마가 나중에 낳을
엄마의 아들이야.

이 편지는 2024년5에 보내는 편지야.
지금에 나는 항상 잘 지내고 있어.

~~좋~~ 그리고 나중에 아빠를 만나서 나를 낳으면
비트코인 질러서 돈좀 몇배 불려서 나한테 ~~결의면~~
좋겠어.(필수)

그리고 내가 초등학생이 되었을때 학원과
공부보다는 더 많이 놀고 친구들과 함께하게
풀어주길 바랄게!

비트코인 사서 꼭 부자되고 열심히 살아

그리고 나중에 다시 만나자 안녕

대전경덕중학교

189

16살의 나의 선생님 에게

안녕하세요. 2024년에 제가   쌤에게 왔습니다. 지금은 16살이시겠죠

선생님이 어른이 되고 선생님이 되었요. 그리고 저는 태어나서 선생님의 제자가 되요.

선생님은 누구보다도 멋진 선생님이니까 그때처럼. 아니 지금처럼 열심히 공부해주시고

다치지 말아주세요. 선생님을 처음 만나고 여러 이야기를 나누니 착하고 멋진 선생님이

라는 것을 알았어요. 수업도 재미있게 잘 해주셨고 제가 처음으로 시험을 잘 볼 수 있게

재미있고 쉬운 문제도 많이 내주셨어요. 그런데 선생님이 떠나게 되셨어요.

선생님이 같은 학년을 가르치는 기가선생님라 같이 저희 학교를 떠나셨어요.

저희 ㅇ학년대요. 정말 아쉬웠어요. 그래도 오년동안 정말 재미있는 추억이 있었어요.

저는 언제나 선생님의 선택을 존중해요. 선생님. 언제나 사랑하고 존경합니다.

16살지금. 열심히 공부해서 제가, 우리 친구들이 존경하는 선생님이 되어주세요!

P.S   쌤이랑 같이 저희 졸업식 와주세요. 선생님을 존경하는 제가 ㅡ

대전경덕중학교

190

2024 대전경덕중학교 학생 서간집

내 나이의, 나의 울타리에게

ⓒ 대전경덕중학교 1, 2, 3학년, 2024

초판 1쇄 발행 2024년 7월 7일

지은이   대전경덕중학교 1, 2, 3학년
엮은이   김민지
펴낸이   이기봉
편집   좋은땅 편집팀
펴낸곳   도서출판 좋은땅
주소   서울특별시 마포구 양화로12길 26 지월드빌딩 (서교동 395-7)
전화   02)374-8616~7
팩스   02)374-8614
이메일   gworldbook@naver.com
홈페이지   www.g-world.co.kr

ISBN   979-11-388-3330-1 (03810)